文春文庫

幻の声

髪結い伊三次捕物余話

宇江佐真理

文藝春秋

目次

幻の声

髪結い伊三次捕物余話

幻の声

一

深川・木場町の材木問屋「信濃屋」の台所はいつも鰹節のような匂いがした。それは壁際に二つ並んでいる根来塗《ねごろぬ》りの古い戸棚から漂って来る匂いだということを伊三次《いさじ》は知っていた。

女中が時々、戸棚の引き戸を開けて、作り置きの総菜などを出すと、その匂いはひと際強くなって伊三次の鼻腔を刺激した。様々な喰い物の匂い、大根の煮付けやら、はすのきんぴらやら、煮豆やら、沢庵の古漬やらが一緒くたになると、そんな匂いに統一されてしまうのだろうか。それとも戸棚の木質が喰い物の匂いを溜めて吐き出すからその匂いになるのだろうか。伊三次にはよくわからない。いずれにしても伊三次の嫌いな匂いであることには変わりがなかった。

しかし、伊三次はそんな様子はけぶりにも見せず、信濃屋の主人、信濃屋五兵衛のやや禿げ上がった頭髪を梳櫛《すきぐし》で丁寧に梳《す》いていた。

伊三次は床《とこ》を持たない廻り髪結いをしている。深川に贔屓《ひいき》の客は、そう多くいるわけではないが、それでも信濃屋と佐賀町の干鰯《ほしか》問屋「魚干《うおかん》」、下駄の「春木屋」など大店の主人が伊三次が廻って来るのを待っていた。彼等は商売に忙しいので大川岸の出床《でどこ》や町内の内床《うちどこ》に出かける暇が惜しいのである。店の片隅や内所（経営者の居室）でささっと髪を仕上げる伊三次を重宝していた。伊三次は一日おきぐらいに茅場町から深川に通っている。猪牙《ちょき》舟を頼むこともあれば、その日のように陽気がよければ、ぶらりと歩いて深川へ入る。主人が不在の時は「また寄せて貰いやす」と、さっと引き上げる。特別決まった約束があるわけでもない気楽な商売をしていた。

五兵衛は花色手拭いを衿に掛け、毛受《けう》けを持ちながら気持ちよさそうに眼を閉じていた。

梳櫛が左耳の際《きわ》にかかると五兵衛の首は心持ち右に傾き、右の耳に行くと今度は左に傾いた。伊三次の仕事がしやすいように助《す》けているつもりなのだ。

五兵衛の座っている場所は台所の座敷より一段低い寄り付きの板の間である。その端っこが五兵衛の髪結い場と定められていた。板の間のすぐ下は鉤型に土間となっている。正面の裏口の戸は開け放してあり、時々、春の柔かい風が入って、汗を浮かべた伊三次の額を心地よくなぶっていた。信濃屋は材木屋だけあって台所も太い梁《はり》を渡していかにも頑丈な拵《こしら》えである。天井も高い。座敷は住み込みの奉公人が食事を摂《と》るので広く間取りしてあった。台所は二人の女中で賄《まかな》われていた。若いおせきは外の井戸で洗い物をしている様子である。おせきは住み込みの女中であった。もう一人はおたみと言い、こちらは三十二、三の年増で通いをしている。おたみは竈《かまど》の前で大鍋の火加減を見ていた。麺のだしでも煮ているのだろう。そろそろ昼の時分である。

信濃屋の台所は二人の女中が忙しく立ち働き、物売りもかわるがわる訪れて決して居心地のよい場所とはいえないのだが、五兵衛は意に介するふうもなく、悠然と伊三次に髪を結わせていた。いつものことである。

今夜、五兵衛は材木組合の寄合があると言った。富岡八幡近くの料理茶屋「平清《ひらせい》」で開かれるのだと半ば得意そうな口ぶりであった。平清は深川どころか江戸でも指折りの高級料理茶屋である。凝《こ》った数寄屋造りが有名であった。客商売となれば伊三次も愛想の一つは言う。

「そいつは豪勢なもんですね。さすが木場の材木商だ。わたしなんざ、一生掛かっても平清のごちにありつけるかどうか……」

五兵衛は「いやいや」と言いながらほくそ笑んだ。「伊三次さんは言うことが大束《おおたば》だよ。あんただって年季も明けて、廻り髪結いとはいえ一本立ちの身だ。その内、株でも手に入れて床を構えたら、平清だろうが八百善《やおぜん》だろうがお望み通りの所に行けるさ。髪結い仲間の寄合だって結構派手なものだろう？」

「さて、どうですかねェ。親方連中のことはわたし等にはとんとわかりませんもんで。……ところで、いくら寄合でも表向きの話が終われば、きれい所が裾を引き摺って現れるんでげしょう？」

「そりゃあね、それがなければ寄合も味気ないものさ」

「婀娜《あだ》な深川芸者なんざ乙なものでございますね」

「ところがこの節は深川芸者も質が落ちてね、昔は三味線、長唄は言うに及ばず、生け花や茶の湯、俳句や狂歌をひねる者までいたんだよ。今はあんた、ろくに芸のない平場芸者ばかりさ。ここらでちょいと見所《みどころ》があるといえば文吉《ぶんきち》という男まさりな妓《こ》と三味線の腕が随一の喜久壽《きくじゅ》くらいなものだ。この二人はいいよ。客の気を逸《そ》らさない」

文吉の名が出て伊三次の胸は一瞬堅くなった。文吉は伊三次の思い女だった。しかし伊三次はすぐに話題を換えた。

「旦那は二、三年前に深川にいた駒吉という妓を知りませんか？」

「駒吉？」

五兵衛は斜め上を眺めて思案するふうになった。五兵衛の目線の先は柱の隅で、そこに見事な蜘蛛の巣が繋《かか》っていた。五兵衛は眼をしばたたいた様子だったが「知らないねェ、聞いたこともないよ」とすげなく言った。

「そうですかい……」

 気落ちしたような伊三次に五兵衛は「その妓は伊三次さんのいい女かい？」と蓮っ葉にたたみ掛けて来た。

「とんでもねェ」

「そうだろうね、芸者なんざに入れ揚げていたら株を手にすることなんてできやしないよ。いいかい伊三次さん、株を手に入れるのは並大抵じゃないが、しかし、一旦、手に入れたとなると商売の出来は格段に違うよ。そうでもなきゃ、あたしなんざ今頃は重い大八を引いて材木を運んでいるのが落ちさ」

またぞろ手柄話が始まったと伊三次は内心うんざりしていた。その話なら百万遍《べん》も聞いたと言いたかった。

五兵衛は江戸者ではなく、店の屋号が示す通り信濃者《おしな》であった。若い頃、江戸へ出て来て木材運搬人として働いていたのだ。

真面目に働いたという五兵衛の話に嘘はないだろう。五兵衛の働きぶりをみそめた材木問屋「三好屋」の前の主人の薦めで三好屋に入り、手代、番頭と出世した。三好屋の親戚筋の娘で、出戻りで三つ年上のおとよと所帯を持ってから五兵衛の運は開けたのだ。株、株とうるさく言うが、その株もおとよがいたからこそ手にすることができたのだ。しかし、独立してから今日の信濃屋を築いたのは、まぎれもなく五兵衛の努力ではある。

伊三次も株を手に入れたいのは山々であるが、この節、髪結い床の株も何んだかんだで百両がとこ必要であった。髪結い賃はたかだか一人三十二文、しかも、丁場《ちょうば》（得意先）を分けてくれた親方に月の揚銭《あげせん》の中から決まったものを納めるとなると、株を手に入れるのは今の伊三次には難しい問題であった。また、株主もなかなか容易には手離さないという事情もあったのだ。

五兵衛の毛受けには白いふけが粉雪のように散っていた。彼はふけ症の男だった。五十近くになってやや程度がよくなったのは年のせいだろう。伊三次の爪が月代《さかやき》のあたりを柔かく掻くと、五兵衛は気持ちよさそうに低く唸った。一度下剃りをしている月代に清剃《きよぞ》りの剃刀を当ててから、伊三次は鬢付《びんつけ》油《あぶら》をたっぷりと白髪混じりの髪に揉み込んだ。髭は髪をいじる前に当たっていた。梳櫛で丁寧に梳いてから荒櫛《あらぐし》でひょいと髪をひとまとめにすると仮紐《かりひも》で結ぶ。それからが正念場である。中腰の恰好で伊三次は自分の襷《たすき》のずれを直すと、さらに鬢付を五兵衛の髪に撫でつけ、さらに梳櫛で梳いた。仕事は丁寧であることはもちろんだが、あまり時間を掛けて客を飽きさせてもいけなかった。伊三次は仮紐を外し、元結《もっとい》でしっかりと束ねた。髷棒《まげぼう》で引っ張って髷の形を整えると、最後に髷の刷毛先を握り鋏でチョンと切って出来上がりである。

「へい、お粗末さまで。いかがでござんしょう」

五兵衛の元結のところに挿していた髷棒を引き抜き、自分の元結の根元にそれを挿して伊三次は威勢よく言い放った。

「ありがとうよ。いつもながら手際がいい。町内の内床だとこうはゆかないよ」

「畏れ入りやす」

伊三次は五兵衛が持っていた毛受けと交代に手鏡を差し出した。五兵衛はそれを受け取ると女の仕種《しぐさ》のように首をねじ曲げ、頭のできを確かめた。伊三次は毛受けのふけを払い、台箱に収めると五兵衛の衿の手拭いも外した。五兵衛の様子を窺《うかが》うようなことはしない。

若いおせきが洗った葱《ねぎ》を持って台所に戻って来た。おせきは手鏡に見惚《みと》れている五兵衛にクスリと忍び笑いを洩らした。

「おせき、何を笑っているんだい？　あたしだってこうして髪をきれいにすれば少しは男前になるだろう？」

おせきは掌で口を覆って応えない。仕方なく伊三次が代わりに「へい、材木問屋信濃屋さんの、いかにも大旦那という貫禄がございます」と歯の浮くような追従を並べなければならなかった。

五兵衛は醜男《ぶおとこ》だった。女房のおとよは夫婦喧嘩になると「この人三化七《にんさんばけしち》」などと悪態を衝《つ》くので近所でも評判であった。なに、自分のご面相だってさして自慢できるものではないのに、である。五兵衛が廻り髪結いの伊三次を頼むのは仕事が忙しいばかりではなかった。大川の傍《そば》の出床や町内の内床に出かけ、髪を結い終わって床を出た後で、残った客が勝手放題に自分をからかうのを聞いて身の縮む思いがしたのだという。そんな話を伊三次は一度だけ五兵衛の口から聞いた。男は顔ではないと言ったところで、まずい顔の男はそれなりに気にしているものだ。まして深川では中堅の材木商の信濃屋となれば尚更体裁を考えるのだろう。

伊三次は五兵衛の気持ちを察して、できるだけ意に添うようにして来た。それが五年越しのつき合いともなっているのだろう。

五兵衛は伊三次に手鏡を返すと、懐から財布を取り出し、決まりの三十二文を手渡した。

滅多に祝儀ははずまない。その代わり、信濃屋からは昼飯が出た。これを「顎《あご》つき」と髪結い仲間では隠語で呼び、上等の得意客の意味を持たせている。

「さて、あたしはこれから用があるから内所に引っ込むが、あんたはいつものようにゆっくり昼飯でも食べてっておくれ。おたみ、伊三次さんの昼のものは用意してあるだろうね」

「はい、旦那様。今日はうどんにいたしました」

竈の前から振り返ったおたみは前垂れで手を拭きながら応えた。鍋の傍にいたので湯に入ったような顔になっている。鼻の際に目立つ黒子《ほくろ》が一つある女だった。

「いつもお世話を掛けやす」

伊三次は台箱のものを片付けながら五兵衛にとも、おたみにとも受け取れるようにペコリと頭を下げた。

「そいじゃ伊三次さん、この次は明後日《あさって》。いつもの時刻に来ておくれ」

「へい、承知致しやした」

五兵衛は女のような足取りでいそいそと台所を出て行った。五兵衛の足袋の裏が仄暗い台所では驚くほど白く見えた。

「ねえ、近頃旦那様、いやに身なりを構うようだけど、よそにいい女《ひと》でもできたのかしら」

五兵衛の足音が聞こえなくなると、まな板で葱を刻んでいたおせきはさっそく口を開いた。うるさい主人がいなくなってほっとしたせいだろう。木綿の着物に細帯と地味な身なりだが、赤い襷と麻の葉模様の前垂れが若い娘らしい。おたみは「何を言ってることやら」と相手にしない。伊三次も「どうですかねェ」と、いい加減な返事をする。まともにおせきのお喋りにつき合う気はなかった。さっさと昼飯を片付けて蛤《はまぐり》町に行かなければならないと思った。お文《ぶん》の横顔が伊三次の脳裏をすばやく掠めた。お文なら駒吉のことを知っているかも知れないと伊三次は当たりをつけていた。それがお文を訪ねる理由になった。

場合によっては久々に色っぽいことにならないとも限らない。自然、口許がにやけた。

「あら嫌やだ、伊三次さんたら何をにやにやしているの？」

山盛りになったうどんに、これまた山盛りの葱をのせた丼を持ったおせきが伊三次のすぐ前に来ていた。

「う、葱臭ェ」

思わず伊三次は呻いた。せっかく戸棚の鰹節臭さが鬢付油の匂いで気にならなくなったと思ったら、今度はその鬢付が仇になって葱の匂いが鼻を衝く。全く鼻のいいのも困りものである。

「ごめんなさい。葱は嫌いだったかしら」

おせきは心配顔で伊三次に訊いた。鼻の回りに雀斑《そばかす》が散っている。

「なに、ちょいと鬢付の匂いと混じって嫌やな具合になったもんだから……気にしねェでおくんなさい。わたしは井戸で手ェ洗って来ます」

伊三次は勢いよく表に飛び出していた。

桜の季節も過ぎて、外はいい陽気になる一方である。とんびが伊三次の頭の上で笛のような鳴き声を立てていた。空は眼が眩《くら》むほど青い。おれは春がいっち好きだと伊三次は釣瓶を落としながら思う。素袷の胸から入って来る春風が心地よかった。

信濃屋の裏手はすぐ目の前が堀になっていて太い丸太が何本も浮かんでいた。陽射しが堀の水面を魚の鱗のように光らせ、丸太の持つ樹木の芳香を立ち昇らせている。その匂いは伊三次も嫌いではない。

堀の向こうには入子下見壁《いれこしたみかべ》の材木作業場が幾つも並んでいた。昼の時分で人影もとだえている。のどかな木場の風景だ。さっさと昼飯を片付けて蛤町に行かなければならないと思った。伊三次にはまだ仕事が残っている。

それを内職とするには少々割りの合わないような気もする。十手も鑑札も預ってはいないが、八丁堀の同心から手先として使われるもう一つの顔を伊三次は持っていた。冷えた井戸水で口をすすぐと伊三次は地面にペッとそれを吐き出した。薄赤いみみずが驚いてのたくった。

二

木場の堀に架かる橋を二つ、三つ渡って伊三次は蛤町に入った。右手に持った木地蠟《きじろ》塗《ぬ》りの台箱が歩く度にカタカタ鳴った。台箱には商売道具のすべてが収められていた。

蛤町は深川八幡の裏手にある町である。門前仲町とは隣り合うので場所柄、小料理屋や茶屋も多く、そこで働く女達の数も多い。

お文《ぶん》は文吉という名で芸者をしている女だった。深川の芸者は粂八《くめはち》だの喜代治《きよじ》だのと男名前で婀娜《あだ》を競うのが身上である。意気地と張りもある。お文も男まさりの芸者だった。

お文は、もとは木場の仲買人をしていた男の世話になっていたそうだが、伊三次と知り合った頃、その旦那はとうに死んでいなかった。

何んでも年がお文より三十も上で、お文を娘のように可愛がっていたという。お文が世話になっていた子ども屋（芸者の置屋）の前借りをきれいにしてくれ、蛤町に小さいながら家を一軒見つけてくれている。伊三次は時々、この世にいないお文の旦那に嫉妬を覚えることがあった。どう逆立ちしたところで、その旦那と同じようなことはお文にしてやれないからだ。早い話、簪《かんざし》一つ満足に与えることすらできなかった。お文が自前とはいえ、今でも芸者をしているのは、やはり生計の為である。

狭い袋小路に入ると陽射しが陰った。表通りに比べ、随分と静かだ。どこからか三味の音色が聞こえて、いかにも色街らしい風情がある。戸口の前に植木鉢を幾つも並べた家に着くと、伊三次は台箱を持ち直した。万年青《おもと》の緑はたった今、打ち水をした後のようにしっとりと鮮やかだった。伊三次は戸口からではなく、すぐ横の庭木戸を開けて中に入った。置き石の通りに進むとその家の縁側に出る。

お文は縁側に片膝を立ててゆっくりと煙管《きせる》を遣《つか》っていた。浴衣に薄手の黒っぽい半纏を羽織り、洗い髪を背中に散らしていた。湯に入る度に髪を洗う女だった。つるりとした素顔は頼りないほど小さく見えた。白い煙をもわりと吐き出すとお文の目線が動いて伊三次を認めたが、別に驚いた表情も見せず「どうした風の吹き回しかえ？」と女にしては低い声で言った。

「信濃屋の帰りだ」

伊三次は照れ笑いを押し隠して怒ったような表情で呟くとお文の横に腰を下ろした。

「深川には度々現れるのに、さっぱりお見限りでお文のことなど忘れちまったのかと思っていたよ」

「何んの忘れるものか。お前ェに愛想づかしをされる前にちょいとご機嫌伺いに参上した次第で」

「ようもようも、そんな心にもない文句がつるりと出るものだ。お前ェが女だったら吉原《な》でお職《か》が張れるだろうよ」

「へ、できることならそうなりたかったね」

「ふん、どうせ銭にならねェ八丁堀の仕事で泡を喰っていたのだろう」

「けッ」

あまり図星を指され伊三次は首をすくめた。

お文には、いつも自分の行動がお見通しだった。叶わねェと伊三次は思う。頼りにならない男を間夫《まぶ》に持つお文の気持ちを伊三次は時々訝《いぶか》しむ。お前ェ、本当にこのおれで満足か、と訊ねたかった。しかし、それは一方で怖い気もする。お文の前の旦那のように銭のある男を見つけるまでの間に合わせだと言われたら伊三次は立つ瀬がない。少なくとも伊三次はお文には真実を尽くしているつもりだった。

お文と初めて逢ったのは三年前、柳橋の舟宿「若竹」であった。伊三次はその舟宿の主《あるじ》が芝居見物に出かけるというので夜の内から泊まり込んでいた。芝居見物は仕度が手間で、夜中に髪を結ったり着物を準備して、日が昇る前に芝居茶屋に入るのである。その日は主もお内儀《かみ》もどこか上の空で商売に身が入っていなかった。客に対しての目配りが欠けていた。

夜半に戻って来た舟からけたたましい罵声が聞こえて、主も宿の者も何事かと表に出た。

伊三次も皆の後ろからついて行った。二人の芸者が罵り合いながら舟から降りてくるところだった。一人の芸者は濡れ鼠だった。それがお文であった。その夜の客は旗本の次男坊という触れ込みだった。酔狂に舟遊びとしゃれ込んだのはいいが、柳橋から一人、深川から一人と芸者を頼み、品定めの趣向をするつもりだったらしい。それがお文の自尊心をいたく傷つけた様子だった。

江戸府内では柳橋の芸者が第一等と評価され、次に吉原・芳町、深川仲町、日本橋大工町と続いた。当然、柳橋の方は自分が上だとお文を下に見る態度に出て、舟が大川に入ったころには二人の芸者は摑み合いの喧嘩となってしまったのだ。旗本は慌てて船頭と一緒になって止めに入ったが、頭に血の昇った二人の芸者には、なすすべもなかった。お文は柳橋の芸者を顔に痣《あざ》ができるほど打ちすえ、柳橋は形勢不利と見るや、体当たりでお文を川に突き落としたのだ。お文は舟に引き上げられたが、白けた客は早々に戻るように船頭に言いつけた。舟着場に戻るとその旗本は苦虫を嚙み潰した顔で主に文句を言った。

「冗談じゃない」と濡れ鼠のお文は旗本に嚙みついた。濡れた着物や帯の始末をどうつけるのだと詰め寄った。もっともな話である。

喧嘩を焚き付けたのはその旗本である。結局、旗本の客は吉原で遊ぶより数倍高い勘定を支払わなければならなかった。二度と足を運ばぬと捨て台詞は残したけれど。

舟宿のお内儀から借りた着物に着替えたお文を見て、お内儀は伊三次に髪を結ってやっておくれと言った。ついでに夜が明けたら深川まで送って行くようにとも頼まれた。贔屓の客を一人失って、お内儀は白けた表情をしていた。濡れた髪ではどうしようもないので朝になってから伊三次はお文の髪を結った。

お文は気の抜けたような表情をしていたが、化粧も落としてつるりとした顔は新鮮な果物のような感じがした。

「わっちは甘かった……」

まだ水気のあるお文の髪を梳いていた時、お文は独り言のように呟いた。

「わっちは所詮、売り物、買い物の芸者さね。客の機嫌を損《そこ》ねていい訳がねェ。若竹じゃ、もうお呼びが掛からねェだろう。仕方がない」

「あんたは満更馬鹿でもなさそうだ。それだけわかっていなさるんなら、後は柳橋の芸者さんと旗本の旦那に詫びの一つも入れたら、こいつは笑い話で済まされるんじゃござんせんか？　辰巳芸者の意地を通しなさるんなら別だが」

「意地も張りも銭には叶わねェ……」

「違いねェ」

ふっと薄く笑い合った二人に妙に通じるものがあった。伊三次はその時のお文に特別な甘言を遣ったわけではない。なのに二人はその日を境に急速に近づいてしまった。あれはどういう気持ちのなせる業であったのだろうか。伊三次は今でも不思議な気がしている。

お文の面倒を見てやれる甲斐性がない代わり、お文は伊三次には対等な口を利いた。媚《こ》びも何もなかった。男と女の関係にしては、それはあっさりとし過ぎているような気もするが、伊三次はでれでれとしなだれかかる女よりお文が好ましかった。しかし、伊三次と同い年のお文は二十五の大年増である。いつまでも芸者稼業を続けるのは辛いことに違いない。

何んとかしなければと伊三次は思う。思うが先が見えない。廻り髪結いの身では自分が食べるだけで精一杯という状況であった。

お文の家に身を寄せることは伊三次の男としての矜持が許さない。つかず離れずの関係で三年も時を過ごしてしまっていたのだ。


伊三次は狭い庭に視線を遊ばせていた。お文の旦那が生きていた頃は植木屋を入れて季節ごとに手入れをしていたらしいが、今のお文は伸びるにまかせていた。垣根沿いに松と梅と紅葉が植えられ、手前は丈の低い草木が植わっている。酔狂に庭にはつくばいまであった。つくばいの傍には南天の木がある。伊三次は雪の降る冬の景色を眼の裏に浮かべていた。つくばいの水に薄氷が張り、南天の赤い実が雪の白に映える冬の景色を。

少し歩いて汗をかいたせいかも知れない。

「飯《まま》は喰ったのかえ？」

お文が煙草盆に煙管の灰を落としながら訊いた。伊三次は途端、現実の風景に戻った。

「ああ。信濃屋でうどんをよばれた」

「喉が渇いたろ？　おぶう淹れよう」

「ありがてェ」

お文は襖の向こうに「おみつ、おみつ」と声を掛けた。甲高い返答がすぐにあって、十五のおみつがばたばたとやって来た。おみつはお文の身の回りの世話をするのに雇っている娘だった。丸っこい顔に引っ詰め髪で桜色の頬が初々しい。

「伊三さんにおぶうを淹れとくれ」

「あい。兄《あに》さん、お久しゅう」

おみつは丁寧に三つ指を突いた。礼儀はしっかりとお文に叩き込まれている。伊三次は慌てて丁寧に返礼した。そのやり取りが可笑しいとお文が低く笑った。

「おみつ、朝方に買ったあれも持って来ておくれ」

お文はおみつに続けた。

「あい」

おみつが台所に引き上げると伊三次はさっそく駒吉の話を持ち出した。

「ちょいと訊ねるが、二、三年前に深川にいた駒吉という芸者を知らねェか」

伊三次がそう訊くとお文の眉がすいっと持ち上がった。

「さあさあ始まった、下らねェ岡っ引きの真似ごとが」

「うるせェな。四の五の言わねェで応えろ」

「知らないねェ、駒吉なんてのは」

伊三次に溜め息が出た。

「その駒吉がどうしたと言うんだえ？」

「ふん、悪い男に引っ掛かってな、下手をすりゃ獄門の憂き目に遭うところよ」

「おお怖い、そりゃまたどうして？」

「お前ェ、知っているかな、ふた月ほど前に日本橋の呉服屋の娘がかどわかしに遭って、その呉服屋は娘を取り戻そうと大枚の銭をふんだくられたって話を」

「成田屋のことかえ？」

「おう、それそれ」

　伊三次は人差指をお文に突き立てて言った。

　成田屋は駒吉が日本橋にいた頃に贔屓にしていた店だった。一人娘のお鈴とも顔見知りで、駒吉は成田屋を訪れる度にお鈴に手土産を忘れなかったという。店の者も、だから久しぶりに駒吉が顔を見せて、以前と同じようにお鈴と親しい口を利くのにも、さして怪しみはしなかった。店には客も多くいて、手代、番頭がその接待に追われていたので、お鈴と駒吉が店からそっと抜け出したことにも気づかなかったらしい。夕方になってお鈴がいないと騒ぎ出し、店の者が手分けして捜したが見つからなかった。

　五つ刻に近所の蕎麦屋の小女が付け文のようなものを届けに来た。客に頼まれたのだという。成田屋の主人はそれをみて仰天した。お鈴の身柄と引き換えに百両出せとの脅迫状であった。成田屋はお上に届けるか、どうしようかと思案した末、結局、娘可愛さで金を出すことを決心した。金はその深夜、大川でやり取りされた。成田屋の舟と賊の舟の擦れ違いざまに金が渡ったのだ。成田屋の舟が深川の舟着場に着くと、賊の下りた舟に折り返しお鈴が乗せられてやって来た。お鈴は激しく泣いていたが、暴行された様子もなく、取りあえずは無事で済んだ。成田屋は翌日になって奉行所に届けを出した。お鈴を取り返してみれば、取られた金がいかにも惜しくてならなかったのだ。そこは商売人であった。

「それなら知っている。お座敷でも大層な評判だった。成田屋は百両がとこ払ったのだろう？　それでも成田屋の店の構えを考えたら、そんな銭、屁でもねェとさ」

お文は吐き捨てた。

「女のくせに屁なんて言うな。いっそ興醒めだ。……まあな、お前ェの言うことに間違いはねェが……」

「下手人は捕まったのだろう？」

「ああ。事件があった時はちょうど南町の月番で、下手人を捕らえてほっとしたのも束の間。翌月になって下手人は手前ェだと女が名乗り出て来た。奉行所は大騒ぎだ。下手人の情婦《いろ》が罪をひっ被《かぶ》ったのよ。ややこしいことになっている」

「その情婦が駒吉という深川の芸者だということか」

「ああ」

「駒太郎、駒奴、春駒、駒子……いないねェ駒吉なんてのは」

お文が指を折って記憶を探っていた時、おみつが茶の入った湯呑を盆にのせてやって来た。伊三次は菓子鉢に山盛りにされている菓子に驚いて「どうした、この菓子の山は」と呆れた声を出した。

「姉さんが買ったんですよ」

「お前ェは酒飲みで甘いものなんて喰ったためしはねェだろう」

「姉さんは菓子屋の口上がおもしろいからつい買うんですよ。大抵はあたしの家に運ぶことになるんですけどね」

「御苦労なしの話だ」

伊三次は皮肉に笑って羽二重餅を摘んだ。

伊三次は酒の飲めないかわり、甘いものには目がなかった。お文は菓子屋の口上を声色《こわいろ》を使って並べた。

「おらんだ羊羹《ようかん》、本羊羹、最中、饅頭に羽二重餅、いまさか渦巻、鹿子餅《かのこ》、ぎゅうまん、葛餅《くず》、葛饅頭、かすてら、紅梅、あさじもち、南京ざくら、水仙巻、ちゅうか、いがもち、鶯餅《うぐいす》、薄雪饅頭にあべ川もち、のどの奥までひょこ。ひょこひょこするのが山椒もち、あさじ野うろこ、狸餅、砧《きぬた》のちょいと巻、あんころもち……てな具合よ」

羽二重餅の上にまぶしてある白い粉を口許にくっつけて伊三次は「うまい、うまい」

と手を打った。お文の物覚えのいいのに感心してしまう。おみつも弾けた豆のように笑った。

狸餅を手に取りながら伊三次はおみつにも駒吉のことを訊いた。おみつの丸い眼が利発そうに動いた。

「駒吉さん？　それだったら鍬形《くわがた》屋さんにいた小染姐さんのことじゃないかしら」

「小染？」

お文は怪訝《けげん》な顔をした。

「ほら、小染姐さんは悪い間夫《まぶ》につきまとわれて江戸から逃げて来たと噂になっていたでしょう？　それで深川では小染と名を変えたんですよ」

深川の土地の人間は大川の向こうのことを「江戸」と呼んだ。土地柄に一線を引いているような物言いが多かった。

「そうだ、小染という妓は確かにいた。あれほど男にだらしのない女もいなかった。深川芸者の名折れだとわっちは内心思っていたものさ。もっとも出生《でしょう》が江戸の日本橋なら仕方のない話だ。それでも為にならない男と思ったら、すっぱり切るのが芸者の心意気ってものだ。素人でもあるまいし」

「所詮女だからな。たまには我を忘れることだってあるさ。そういうお前ェだって為にならねェ男と付き合っているじゃねェか。同じ穴の狢《むじな》よ」

伊三次は気色ばんだお文に皮肉な調子で応酬した。

「そんな、兄さんは小染姐さんの男のように女の稼いだお足を引っ張る人じゃない」

おみつは一生懸命に伊三次の肩を持った。

「ありがとうよ。おみつはおれの味方だ」

伊三次はおみつの頭を優しく撫でた。

「彦太郎とか言っていたな、小染の間夫は」

お文は遠くを見るような眼になって言った。

「そうだ。無宿者の彦太郎だ」

「ぞめきが来るほどいい男とは思えなかったが……」

「姉さん、でも喉はよかったそうですよ。端唄なんて歌わせたらちょいと玄人はだしで」

おみつがこまっしゃくれた口を利いた。お文の目許はその拍子に弛《ゆる》んだ。

「おみつは何でも知っているんだね」

「あら、あたしは青物屋のおばさんから聞いただけですよ」

おみつは信濃屋のおせきといい勝負だった。いや、年が二つほど若いからおみつの方に軍配が上がるだろう。

「おれがどうしても解せねェのは、その、為にならねェ男に今度は命まで投げ出そうとする駒吉の気持ちなんだが……」

「よほど惚れちまったんだろう」

「深川まで逃げて来たのは切ろうという気持ちがあったからじゃねェのか？　敵が事件を起こして獄門になりゃ、涙の一つはこぼしても願ってもねェ切れ話の機会だ。それをわざわざ手前ェが身代わりにならずとも」

「そうだねェ。込み入った事情があるのかも知れないね。周りの人間にはわからないことがあるんだよ、きっと」

「それが知りてェのよ」

「………」

お文は長い髪をうるさそうに背中に払って押し黙った。それを見て伊三次は「お文、ところで今日はお座敷は掛からなかったのか」と訊いた。いつまでも洗い髪を風になびかせているお文に少し気が揉めた。

「今夜は平清だ」

「材木組合の寄合だな。ついでだ、髪ィ、結ってやろうか」

伊三次がそう言うとお文の白い顔にぽッと赤みが差した。

「洗い髪は難儀じゃないのかえ？」

「それを言っちゃ、お前ェは、髪結いが結えない髪があってどうすると毒づくだろうが」

お文はそれには応えず、おみつの方に向き直ると「髪結いのお久さんのところに行って、今日はいいからと断っておくれ。それからお前はこの菓子を持って佐賀町のおっ母さんの所へ顔を見せておいで。箱屋が来る時刻までいていいからね」と言った。

「あい、姉さん、それじゃそうさせていただきます」

おみつは顔を輝かせ、前垂れに菓子鉢の菓子をざあっとあけて台所に走って行った。裾から伸びた二本の足が健康そのものだった。

「菓子を全部持って行きやがった。後でまた喰うつもりだったによ」

「何んだね、子供みたいに」

伊三次は履物を脱いで座敷に上がると台箱を開いた。お文は後ろ手でそっと障子を閉めた。それから伊三次の背中にぴったりと頰をつけ、「嫌やだ、あんまり待たせられるのは……」と低く呟いた。

「だから彦太郎のことで手間どっていたと言ったじゃねェか」

伊三次は自分の肩にかかったお文の冷たい手を握り締めた。

「わっちはお前ェが髪結いなのか岡っ引きなのか時々、訳がわからなくなるよ」

「おれは最初《はな》っから髪結いよ。それ以上でもそれ以下でもありゃしねェ」

伊三次の声がくぐもる。振り向いてお文の紅をつけていない口を吸い、そのまま畳に静かに押し倒した。お文の長い髪は、まるで生きもののようにうねうねと四方に動いて行くように見えた。

三

伊三次は永代橋を渡って八丁堀の不破友之進《ふわとものしん》の組屋敷に向かっていた。お文の髪を結い、ついでに箱屋が来て出《で》の衣裳を纏ったお文を眺めて来たから鉄形屋には廻ることはできなかった。駒吉が深川では小染と呼ばれていたことがわかっただけでも収穫であった。しかし、依然として駒吉が彦太郎を庇う理由がわからない。途方に暮れる思いがした。銭の無心をされるばかりで何んの取り柄も彦太郎にはなさそうだ。あれが格別にうまいのだろうかと口にしてお文に向こう臑《ずね》を嫌やと言うほど抓《つね》られた。女が男に引き摺られるのは、やはり気持ちだとお文は言った。気持ち、気持ちと伊三次は歩く道々呟いていた。それとは別に今日のお文は浮世絵から抜け出たようにきれいだった。誰かが、どこかの寺の観音さまのようだと言っていたのを思い出した。

それが本当ならお文は豊かな胸も隠し所も持った生き観音だ。

お文は仕度の仕上げにいつも湯吞半分ほどの酒をくッとあおる。それがどんな化粧《けわい》よりも効果があるのだという。なるほど、目許にぱっと赤みが差して、えも言われぬ色気に満ちていた。伊三次は思わず表に出て、「文吉はおれの女だ」と叫び出したいような衝動に駆られていた。しかし、伊三次は台箱のものを片付けると「またな」とすげなく言ってお文の家を出ていた。お文は何か言いたげであったが箱屋の手前、伊三次の眼を強く見つめていただけだった。

小網町から鎧《よろい》の渡しで茅場町に入ると、伊三次は亀島町の不破の組屋敷にまっすぐ向かった。陽が傾き、堀の水は菜種油のようにとろりと澱んでいる。地面に箒目のついた組屋敷前に着いた時、伊三次は疲れを覚えていた。

裏口から声を掛けると、下男の作蔵という年寄りが庭に廻るように伊三次に言った。言われた通り庭に廻ると不破は普段着の恰好で縁側で爪を切っていた。

「遅くなりました」と頭を下げると、不破は伊三次の方は見ず、そのまま視線を下に向けたまま「首尾はどうだった？」と押し殺したような低い声で訊いた。長い足が邪魔になり爪を切るのには窮屈な様子であった。

「駒吉は深川では小染と呼ばれて芸者に出ていたそうです。鍬形屋という子ども屋の世話になっていたそうですが、そこにもやはり彦太郎がやって来て日本橋にいた頃と同じようにたかられていたようです」

「鍬形屋では他に何か言っていたか？」

「え？」

「鍬形屋での駒吉の評判だよ。売れていたのか、お茶を挽いていたのか」

「申し訳ありやせん。鍬形屋には廻っておりやせん」

「誰に訊いた話だ、駒吉が小染であると言うのを」

不破は顔を上げてまじまじと伊三次を見つめた。

「そのお……」

口ごもった伊三次に不破は、ははん……という表情になった。「文吉か？」と小意地悪く訊ねた。

「いいえ、お文のところの女中がそんな話を」

「おきゃあがれ、唐変木！」

不破の大音声が庭に響いた。伊三次は身の縮む思いだった。お文の所に長居したのは、いかにもまずかった。

「手前ェの色話を聞くためにおれは待っていたわけじゃねェぞ」

「申し訳ありやせん」

「お文は何んと言っていた」

「へい、同じ芸者として、すっぱり彦太郎と切れなかった駒吉が情けないと言っておりやした。何か特別な事情が絡んでいるのではないかと疑ってもいましたが、結局、詳しいことはわからず仕舞いで」

「ふん、そんなところでお茶を濁し、鍬形屋の方はうっちゃってお文の所に居続けしたということか」

「居続けしたなんざ……」

「そうだろうが」

「明日、もう一度深川に行って鍬形屋を廻って来ます」

「もういい！　もういらぬわ」

不破は足許に落ちた爪を庭に向けて吹き飛ばした。深川に行くのなら、それとなく駒吉の噂を訊いて来てくれと言ったのは不破である。お文に話を訊けばあるいは、と謎を掛けたのも不破である。それを自分が思った以上に刻《とき》を喰ったことが腹立たしいのだ。こんな時、伊三次は間尺に合わない気持ちになる。

何んの為に不破の仕事の手先をしているのかと思わずにはいられない。自分はお文が言うように岡っ引きの真似ごとをしなくても一向構わない身ではないか。しかし、癇癪を起こして不破の頼みを断れば、日髪・日剃りの不破の所から入るものが入らなくなる。伊三次は丁場を失うことを何より恐れていた。

伊三次は十二の時から京橋・炭町で内床を構えている「梅床《うめどこ》」十兵衛の弟子に入った。十兵衛の女房のお園は伊三次の実の姉であった。お園と伊三次は年がひと回りも離れていたので、お園は伊三次の子供の頃に嫁に行って家にはいなかった。伊三次の父親は手間取りの大工で、ゆくゆくは伊三次も父親の跡を継いで大工になろうと考えていたのだ。

ところが父親が普請現場の足場から落ちて怪我をして、それが原因で呆気なく死ぬと、もともと身体があまり丈夫ではなかった母親も後を追うように半年後に死んでしまった。

伊三次はお園に引き取られた。たった二人のきょうだいだった。当然のように伊三次は梅床の下剃り（弟子）にさせられたのだ。

十兵衛とは初めから反りが合わなかったが髪結いの仕事は嫌やでもなかった。伊三次は生来、器用なたちであったのだろう。職人が一人前になるための修業は何んでも辛いものであるが、伊三次はお園の弟であったために、さらに遠慮もなく余計な仕事をさせられることが多かった。十兵衛は「仕事は見て覚えろ」という主義で、特に手を取って教えられたわけではない。さあやってみろと言われた時にできなければ拳骨が飛んで来るだけだった。

だから仕事は必死で覚えた。やけを起こして飛び出しても、他に行く所はなかった。思えば暗い毎日であった。伊三次が何とか一人前の仕事ができるまで辛抱できたのは、やはりお園がいたからだろう。おれが飛び出せば姉ちゃんが悲しむ、ただ一つだけの理由であった。

十兵衛の所の他の下剃りが年季を終えて手間取りになっても、伊三次は相変わらず食事を与えられるだけで決まった小遣いもなかった。分別のついて来た伊三次は不満を覚えるようになった。梅床を譲り受けるなどは期待できなかった。十兵衛には八歳を頭に五人の子供がいた。梅床は当然、長男の友吉が継ぐことになるだろう。それなら自分は手間取りになり、所帯も別に構えたいと考えるのは無理もないことだった。お園に口添えして貰おうにも、十兵衛に頭の上がらないお園は「辛抱しておくれ」の一点張りであった。

伊三次の若さがついに十兵衛に向かって弾けた。

十兵衛は不満を訴える伊三次に目を剝《む》いた。今まで誰のお蔭で飯を喰って来たのだとか、ちょいと仕事ができると思って自惚《うぬぼ》れるなと言った。伊三次は引き下がらなかった。自分の腕には自信があった。十兵衛が「友吉が一人前になるまではできねェ相談だ」と本音を洩らすと、かッと伊三次の頭に血が昇った。

「それまでとても待てねェ。いつまでも都合よく使われるのは御免だぜ」

いつもの晩酌をしていた十兵衛は持っていた盃を伊三次に投げつけた。もみあげを伸ばし、鯰《なまず》髭の十兵衛はまるで奴凧だった。座った眼が怒りと憎しみを表していた。おれはこの人から、ただの一度も情けを掛けられたことはなかったと伊三次は思った。おれはこの人の道具の一部だった。伊三次の顔を逸れた盃は土間に落ちて派手な音を立てた。伊三次は腰を上げると、初めて十兵衛に手を挙げていた。お園の悲鳴と子供達の泣き叫ぶ声がした。だが、それで一巻の終わりだった。伊三次はそのまま梅床を飛び出してしまったのだ。

行くあてはなかった。飲めない酒を飲み、金のある年増女の相手をして小遣いを引っ張ったが、金にはすぐに詰まった。伊三次は御法度の「忍《しの》び髪結い」を働くようになり、ついに自身番にしょっ引かれることになってしまったのだ。

不破友之進と知り合ったのはその時である。

不破は北町奉行の定廻り同心で、当時二十五歳、今の伊三次と同じくらいの年齢であった。伊三次はその時二十歳。まだまだ若さが先走りしていた。不破は口は横柄だったが妙に眼の澄んだ男だった。髭も濃く、六尺近い体軀は押し出しの強さも感じさせた。しかし、伊三次にひるむ気持ちはなかった。初めから御法度と知りながらしたことだった。煮るなり焼くなり、好きにするがいいと開き直っていた。

不破の手下の岡っ引きに嫌やというほど小突かれていたから、不破が自身番に入って来た時も鋭い目付きで睨んでいた。それから何が起ころうと伊三次は怖いと思っていなかった。不破は伊三次のきつい表情にふっと苦笑のようなものを洩らした。あれはどういう意味だったのか今でもわからない。にわか仕立てのはぐれぶりが滑稽だったのだろうか。

不破は自身番の書役の淹れた渋茶をゆっくりと飲んでから「髪ィ、結っつくれ」と静かに言った。

「とんでもねェ。八丁堀の旦那は日髪・日剃りで決まった髪結いがいるじゃござんせんか。おれの出る幕でもねェ」

「ふん、それもそうだが、てェした腕だと噂に聞いたからちょいと試してみてェのよ」

「そこまで言うならやらねェこともねェが、あいにく梳櫛一つでまともな道具もありゃしねェ。そこのしらくも頭のご家来さんに小間物屋で鬢付と元結を買って来て貰いやしょうか」

伊三次を小突いていた中年の岡っ引きのことを顎でしゃくって伊三次はそう言った。岡っ引きは「しらくも」と言われてむかっ腹を立て、伊三次の横面を力まかせに張った。伊三次はうッと呻いて顔をしかめた。

「よせ、留。なあに、それには及ばねェ。道具ならここにあるぜ」

不破は傍に置いてあった唐草模様の風呂敷を解いた。見覚えのある台箱がするりと現れた。伊三次は二、三度、眼をしばたたいた。

それはどう見ても自分が梅床で廻りをした時に使っていた台箱だった。京橋の小間物屋の隠居が伊三次を贔屓にしてくれ、祝儀に木地蠟塗りの台箱を造ってくれたのだ。上等の欅《けやき》の木地に直《ただ》ちに漆を塗り、研いで光を出し、蠟色に仕上げるから木地蠟塗りと呼ばれている。十兵衛がもの欲しそうな顔をしていたが隠居の手前、取り上げることはできなかった。

「これをどうして？」

伊三次は掠れた声になって不破に訊ねた。

自身番の中は妙に暑かった。あれは夏だったのだろうか、秋口だったのだろうか、伊三次は思い出せない。陽に灼けた畳の上で台箱は黄金みたいに光り輝いていた。あの時ほど自分の道具をいとおしく思ったことはない。

お園が不破に、十兵衛には内緒で台箱を預けたのだ。小間物屋の隠居の力も大いにあったことだろう。近頃、妙に腕のいい忍び髪結いが江戸市中を徘徊していると噂に聞き、お園はピンと来たのだ。忍び髪結いは親方の所を脱走した下剃りや手間取りが、独立を図って組合にも入らず、お上の定める人足の仕事もせずに市中を忍び歩く髪結いのことである。

寛政五年（一七九三）、忍び髪結い禁止の町触れが出てから何度も取り締まりが行われていたが、一向にその数は減らなかった。

安くて腕がいいとなれば人は御法度と知りながらも忍び髪結いを頼むのだ。

「いい姉さんだ。お前ェのことを心底心配していたぜ。あたしがぼんやりだから伊三次に苦労を掛けっぱなしでと泣いていた。おれに仕事ができるようにさせてくれと言って来た。下駄ァ、預けられちまったからなあ、どうしたらいいものかと思案しているところよ」

洟を啜り上げると伊三次はものも言わず台箱を開いた。自分の道具は手に馴染んだだけ扱いやすかった。不破の髪を結い、ついでに留蔵という岡っ引きの髪も、書役の髪も結った。三人の頭の新しい元結の白さに伊三次は眼を細めた。

「乙なもんでござんすね、なるほど腕はいい」

留蔵は満更でもない様子で世辞を言った。

伊三次は罪に問われなかった。普通なら江戸追放か商売取り上げの上に罰金刑に処せられるところなのだ。伊三次の裏に忍び髪結いの元締めがいなかったせいかも知れない。

伊三次は単独で忍び歩いていたのだ。不破の肝煎りで丁場を与えられ、伊三次は晴れて廻り髪結いとして働けるようになった。もっとも、伊三次に丁場を分けてくれた茅場町の親方の所には、月々、揚銭の中から決まったものは納めなければならなかったが。

不破は伊三次の何が気に入ったのかわからないが、自分の髪を結わせることも約束してくれた。それは髪結い組合の間では異例のことであった。

毎朝、不破が奉行所に上がる前に伊三次は組屋敷を訪れ、髭をあたり髪を結う。いわゆる同心の日髪・日剃りというやつである。

同心は五つ（午前八時）までに出仕することになっていた。不破は髪を結い終えると「御成先着流し御免《おなりさききながしごめん》」の着流しで、上は黒の紋付羽織の恰好になる。

伊三次は不破の髪を結うようになってから用事を頼まれることが多くなった。それは最初の内は人捜しだの、失せ物の心当たりを探る簡単なことであったが、次第に頼まれ事は複雑になり、気がついた時は奉行所の御用と深く拘わるようになっていた。

一度、押し込みの捕り物に加勢した時、不破を助けようとして咄嗟に頭に挿していた鬢棒で賊の腿を突いたことがある。ひるんだ賊をお縄にしてから、不破はいよいよ伊三次を頼みとすることが多くなったのだ。あの時、不破はどうせなら剃刀で賊をひと思いに斬りつけたらよかったなどと言った。まさか、捕り物に台箱を引き摺って出かけられるはずもない。何より、髪結いの身が人の身体に剃刀で傷をつけることを拒んだ。所詮、自分は岡っ引きにはなれないと考える理由だった。

「くそッ、彦太郎が握っている駒吉の弱みたァ、いったい何んなんだ！」

不破が吠えた。いかにもいまいましいという表情である。女の気持ちは伊三次にもわからないものがある。

「芋に目鼻が付いた面《つら》ァしやがって色男ぶるのが気に喰わねェ」

不破は全く口の悪い男である。その口の悪さにかけては両奉行所でも一、二を争うだろう。

「自白させるなら海老責めでも石抱きでも手はあるが、手前ェでございますと言うのだから、そいつを引っ繰り返すのは容易じゃねェ」

「彦太郎はどうなるんです？」

「お裁き次第だが、命をとられることはあるまい。せいぜい江戸追放というところだろう。金は三十両ほど戻ったが後のことはわからねェ。遣い道を駒吉は喋らねェ。喋られねェのよ、自分がやったことじゃねェからな。聞いたか？　彦太郎の野郎はしょっ引かれた時、縮緬《ちりめん》の褌《ふんどし》をしていたとよ」

「あちゃあ……」

それに比べて駒吉の様子は哀れだった。もとは芸者だったという華やかさは微塵も感じられなかった。日本橋から深川、深川も門前仲町から佃町へと転々とした生活が駒吉から華やかさも女の張りも失わせていた。まだ二十歳そこそこだというのに二十五のお文よりずっと老けて見えた。

藍玉を溶かしたような闇がいつの間にか忍び寄っていた。不破の表情も朧ろに見えて来た。

作蔵が表門を閉める軋んだ音が聞こえた。

不破はその音を聞くとようやく「もういい、続きは明日だ」と言って伊三次を解放してくれた。どっと疲れを覚えた。庭を出て、裏口から帰ろうとした時、不破の野放図な大欠伸《あくび》が聞こえていた。

四

八丁堀には竹屋が多い。ちょうど京橋のあたりに竹屋が集中している。青竹が何十本も立て掛けられている様は壮観でさえあった。竹というものは見るだけで清々しい気分になるから不思議だった。竹河岸の竹屋の様子が小路を隔てて炭町の梅床から窺うことができた。

何年も見馴れた風景だった。伊三次は向かいの竹屋の職人が開け放した店の中で竹を割ったり、細工物を拵《こしら》えるのを眺めてから梅床を訪れた。久しぶりにお園のところに顔を出したのである。十兵衛は仕事の真っ最中であった。伊三次を認めると「おう」とひと声掛けたが、すぐに自分の仕事に集中した。

伊三次も軽く頭を下げてすぐに裏に廻ってしまった。今でもろくに話らしい話はしない。

それでも梅床を飛び出した頃に比べたら十兵衛の態度は幾分、柔かくなっているだろう。

十兵衛とは一生会うつもりはなかったのだが、お園は実の姉である。この世でただ一人の肉親であったから伊三次も意地を通すことはできなかった。廻り髪結いの仕事が軌道に乗ったあたりから、ぽつぽつとお園に会いに来ていた。さして話があるわけではない。台所の上がり框《かまち》のところで小半刻ぼんやりしているだけのことなのだが不思議に気持ちが和らいだ。この頃はお園に所帯を持てと急《せ》かされている。

「それで、その駒吉という人はどうなるの？」

お園は伊三次のお茶を淹れ替えてから訊ねた。お園が心配するので八丁堀の仕事のことは差し障りのない程度に話している。伊三次の前には粟餅が一つ、懐紙にのせられて置いてあった。伊三次はそれを口に放り込むと熱い茶で飲み下した。

「このままで行くと引き廻しの上、獄門は免れねェだろうなあ」

伊三次がそう言うとお園は眉根を寄せた。

「何んとか助けてあげられないの？」

「おれにそんな力はねェよ」

「でも……」

「手前ェで下手人でございますと言うんだからどうしようもねェのよ」

「でも男の方はほとぼりがさめたら、また悪事を働くだろう？　怖いねえ」

「なあ、姉ちゃん、その女、どうして男を庇うんだろうな。おれはそこん所が皆目、見当つかねェのよ。不破の旦那も往生していた」

「そうね……駄目な男とわかっていても別れられないというのはわかる気もするわ」

「亭主のことを言っているのかい？」

「さあ、どうかしらね。しょっ中、小言を言われたり、ぶたれたりして逃げ出したいと思ったこともあったけど、やっぱりできなかった。子供もいたし、あんたもいたから。それと似ていることかしらね」

「少し違うな。親方は彦太郎と違ってちゃんと仕事はする。姉ちゃんや子供達やおれを喰わせることは喰わせて来た」

伊三次がそう言うとお園は含み笑いをした。

その表情に媚びたものがあった。いくら伊三次の前で亭主の愚痴をこぼしても夫婦の間には他人にわからないものがあるらしい。

「もしかして、駒吉と彦太郎は血が繋がっているのかな。それなら庇う気持ちもわかるが」

「どうかしら。よくわからないわ。あの人のお父っつぁんは青物売りをしていた人で、兄弟は多かったけれど彦太郎なんて兄はいたかしら？　すぐ上の兄さんが常盤町でやっぱり青物屋をしているらしいわ」

「常盤町なら目と鼻の先だ」

「そうなの。だからあの事件があった頃はこの辺も大騒ぎだったのよ」

お園はこめかみのあたりに下がった後れ毛を耳に引っ掛けてそう言った。紺屋の白袴のたとえで、お園は髪結いの女房のくせに、ろくに髪も結わず、いつもぐるぐるの櫛巻《くしま》きにしていた。年を取るごとに死んだ母親に似て来た。伊三次はそれが嬉しいような寂しいような気持ちだった。お園の末っ子の松吉が外から帰って来てお園にまとわりついた。

「よう、寝小便たれ」

伊三次がからかうと六歳の松吉は「うっせェ」と利かん気な顔で口を返した。

「よう、菓子買うから銭くれ」

松吉はお園にねだった。兄弟の中で松吉が一番十兵衛に似ていた。子供奴凧というところだろうか。

「うるさいねえ、この子は」

「おらよッ」

伊三次はびた銭を松吉の前に放ってやった。

「ありがと、おいちゃん」

「そんなことしなくてもいいのよ、癖になるから」

「いいじゃねェか。銭を出して菓子を買う楽しみはおれだって覚えがある」

「すまないねえ」

「そいじゃ、おれは常盤町をちょい、廻ってくらァ」

腰を上げた伊三次に覆い被せるようにお園は訊いた。「あんた、まだ所帯を持つ気にはならないの？」

「ああ、まだな」

「お上の御用もいいけれど、早く身を固めて落ち着いてちょうだいね」

「わかってる」

「伊三次、お嫁さんは素人さんの娘にしておくれね」

ぐっと伊三次は詰まっていた。お文のことをお園には話していない。それなのに伊三次の様子からそれとなく何かを感じているのは女の勘だろうか。伊三次はお園の視線を避《よ》けて勢いよく表に飛び出していた。


駒吉の兄が商っている青物屋はすぐに見つかった。隣り町なのに今までそこに青物屋があったことにほとんど気づかなかった。さして繁昌しているように見えないのはあの事件が影響しているのだろうか。

年寄りの女が青菜を買って行ってから客足はぱったりとだえていた。間口一間の店先には青菜、大根、牛蒡、芋などが並べられていた。伊三次が店の前に立つと紺の半纏に股引き姿の男が愛想笑いを浮かべて「らっしゃい」と威勢よく言葉を掛けた。

年は伊三次と同じくらいであろうか。髭の剃り跡が青い。頭は手拭いで鉢巻きをしていたが、月代にぶつぶつと黒い毛がまだらに伸びていた。駒吉と似ているとは思えなかった。

無理に類似している部分を捜すとするなら、その丸っこい顔の輪郭であろうか。

「あいすみません。わたしは八丁堀の不破様の使いの者ですが」

伊三次がそう言うと、男の愛想笑いは唐突に引っ込んだ。「何でェ、いまさら」と斜に構えた態度になった。

「少し話を聞かせて貰えませんか」

「おしのは兄弟から勘当された身だ。おいらには関係ねェよ。打ち首にしようが火炙りにしようが好きにしてくれ」

おしのは駒吉の生まれついての名であった。

「おしのさんは本当の下手人じゃねェ。悪いのはあの彦太郎だ。あんた、妹を助けたいとは思わねェのかい？　ずい分薄情な兄さんだ」

「薄情が聞いて呆れる。おいらがあのろくでなしにどれほど迷惑を掛けられたと思うんで？　こうなったのは皆、おしのの身から出た錆よ」

「それはそうだが、今度という今度は様子が違う。おしのさんは下手をすりゃ獄門になっちまうかも知れねェんですぜ」

「その方がいっそ、さっぱりするというものだ」

「彦太郎が放免になっても?」

伊三次は試すように訊く。

「まさか、あいつだって同様でしょう」

「いや、おしのさんは罪をすべて一人で被っている。そうなりゃ、彦太郎を罰することはできなくなる。悔しいとは思いやせんか?」

「ちょ、ちょっとこっちへ」

男は通りに目をやると伊三次の袖を引いて店の中に引き入れた。青物の陰に置いてあった床几《しょうぎ》に伊三次を座らせ、男は頭の手拭いをむしり取った。土の匂いは牛蒡から出ているのだろうか。それとも男の体臭だろうか。

「勘弁しておくんなさい。おしのに金の無心をされたのは二度や三度じゃねェんですよ。あの事件があって二人がお縄になったと知った時は、世間体より先に正直ほっとした気持ちになりやした。旦那は知らないからおいらを薄情者呼ばわりしますが」

「成田屋はおしのさんが贔屓にしていた店だったそうだな?」

「へい、あすこの娘さんとも何度か口を利いたことがあったらしいです。だから、おしのに誘われて表に連れ出されても娘さんは何んの疑いも持たなかったらしいです」

「彦太郎とはどこで知り合ったんだ？」

「さあ、日本橋から芸者に出た頃でしょうか。おいらは詳しいことはわからねェんですよ。親父はおしのが十《とお》の時に病気で死にやした。末っ子で一番可愛がられてましたからおしのは相当こたえたようです。しばらくはここで商売を手伝っていたんですが、何を考えたのか日本橋から突然芸者に出ると言ったんですよ。年頃になってちょいと様子がいいのをおだてられたんでしょう。おいらも反対しましたが言い出したら聞かない性分なもので、結局、おしのの好きにさせちまいました。しかし、旦那、青物屋の娘が三味線や長唄の稽古を積んでる訳がありますかい？　お座敷で客におべんちゃらを言うだけの、とんだ芸者でしたよ。芸がねェもんで姉さん芸者にはずい分、苛められたようです。そんな時、彦太郎がちょいと甘いことを言っておしのを引っ掛けたんでしょう。後はもう、泥沼にはまったようなもんでした」

「お袋さんはどうしていなさる？」

「へい、成田屋のことがあってから床に就きまして、もう長いことはねェでしょう。何しろ年ですから」

「そうか……」

駒吉が芸者になったという経緯《いきさつ》が伊三次には奇妙な感じに思えた。男の暮しは豊かとは言えないが、妹が芸者に出るほどには切羽詰まった状況とも思えない。駒吉の何が芸者という商売に駆り立てたのであろうか。しかし、それを確かめるためには時間が経ち過ぎているような気がした。四年も五年も前の駒吉の心情など、誰がわかるというのだろう。

伊三次は狭い店の中をくるりと見回して吐息をついた。

「もしも彦太郎が放免になって、この江戸をうろちょろしたとなったら、おいらは今度こそ刺し違えてもあいつをぶっ殺してやる」

男は気色ばんだ声で言った。

「馬鹿なことを言うな。とにかくお裁きがある日まで奉行所はおしのさんを助けようと証拠を捜しているところだ。あんたも自棄《やけ》を起こしちゃいけねェよ。誰の目にもおしのさんが下手人じゃねェことはわかっている。そうだろう？　二十歳そこそこの小娘が百両もの大金を何に遣うというのよ」

男は伊三次の言葉に押し黙り、洟を啜り上げた。「手間ァ、取らせたな」伊三次はそう言って腰を上げた。男も慌てて立ち上がると売り上げを入れている笊《ざる》から銅銭を摑み取り、そっと伊三次に握らせた。

「少ねェですが取っておいて下さい」

「いらねェよ。おれは岡っ引きじゃねェ。本職は髪結いよ」

「かみいい？　そりゃまたどうして？」

「さてな、どうして髪結いが岡っ引きの真似ごとをするのか、そいつはおれにもよくわからねェんですよ。とにかく銭はいい」

伊三次は男に銭を返した。

「旦那、おしののこと、よろしくお頼み申しやす」

男は殊勝に頭を下げていた。その時、奥の部屋から湿った咳が聞こえた。床に就いているという母親のものだったのだろうか。

五

間断なく雨が降る。流れの激しい川の傍にいるように雨の音はざんざかと伊三次の耳にまとわりついていた。目覚めて裏店の屋根を叩く雨の音を聞くと、またか、という気持ちになった。もう四日、いや五日も雨は降り続いていた。この梅雨が明ければ油照りの夏である。伊三次は雨も暑さも嫌いだった。お文は雨の日が好きだった。なに、煙草がうまく思えるからだろう。

不破の組屋敷には傘を差して出かけた。町は何も彼《か》も利休鼠の色に染まっていた。人通りも少なかった。菅笠に蓑の男が空《から》の大八を引いて伊三次の横を通り過ぎた後は、不破の組屋敷前は激しい雨が地面を叩いているだけだった。

単衣《ひとえ》の裾を尻っぱしょりした恰好で伊三次は不破の月代を揉み込み、毛筋を立てて、たっぷりとした髪に梳櫛を当てた。白髪一本ない髪である。書物部屋は雨のせいで仄暗かった。

「とうとうだな」

不破は呟いた。浴衣の衿許から不破の体臭が微かに立ち上っていた。昨夜は雨の上に夏のような暑さが加わった。不破は寝汗でもかいたのだろう。

翌日は駒吉のお裁きがある。ついに不破は駒吉を下手人とする成田屋の事件に結論を出さなければならなくなった。すでに駒吉の爪印《つめいん》を押した口書《くちが》き（自白書）も奉行所に提出してある。

「まあいいさ。あの女はすっかり覚悟を決めちまったようだ。この世に未練はねェらしい」

「彦太郎はどうなるんです？」

「駒吉が獄門なら奴はせいぜい江戸払いということで落ち着くだろう」

「金の方は？」

「なあに、奴はどこかに隠しておいて、ほとぼりが醒めた頃に取り戻すのよ」

「七十両も」

「いや、それほど残っちゃいないだろう。せいぜい五十というところか」

「それでも当分の間は左団扇だ」

「駒吉の命が掛かった値段だ。いいねェ、そこまでする女に惚れられてみてェものだ」

悔しさに伊三次は押し黙り、つい、手に力が入った。いてッ、と不破は呻いた。

「あいすみません」

「気をつけろ、唐変木。……ところでな、駒吉の奴、最後に望みはあるかと訊ねたら、髪ィ、結い直したいと言ったそうだ。お白州に出るのにぐずぐずの頭じゃお奉行に申し訳ないとよ」

「………」

「お前ェ、やるか？」

「さて、どうしたらいいものでしょう。わたしは女の頭はやらないもので」

「ふん、文吉のはやるだろうが」

小意地悪く言った不破に今度はわざと力を入れて伊三次は髪を引っ張り上げた。

「いてッ、こいつ」

「あいすみません」

「小伝馬町には話を通してある。行って、馬鹿女の面ァ、拝んで来い」

駒吉もついに馬鹿呼ばわりされて不破にも見放されたようだ。伊三次は障子の隙間から見える雨に目線を移して「へい、承知致しやした」と低い声で応えた。

小伝馬町の牢屋敷は未決囚を収監する所である。間口五十二間二尺五寸、奥行き五十間、面積二千六百七十七坪の敷地にあった。

三方には土手を築き、幅六尺、深さ八尺の堀で囲み、高さ七尺八寸の塀をめぐらしていた。この塀は出るのだけを防ぐ工夫がされている「忍返《しのびがえ》し」である。南には牢奉行の石出《いしで》帯刀《たてわき》の住居がある。

伊三次は不破に促されて西の表門から牢屋敷の中に入った。駒吉は西の揚屋《あがりや》、俗に女部屋という所に収監されていた。三寸角の格子で二重に囲っている揚屋は思ったより広かった。およそ十五畳ほどか。他に収監されている人間はいなかった。仕事がしやすいと伊三次は思った。縁《へり》なしの畳の上に駒吉は膝も崩さず神妙な顔で座っていた。伊三次は胸の動悸が速くなるのを感じた。牢の中は仄暗い。閉め切っているせいで蒸し暑かった。つんと酸っぱい匂いがした。牢屋同心が錠を開けると、伊三次はようやく身体を斜めにして通れるだけの入り口から中に入った。

「髪結いの伊三次という者です。髪ィ、結いにまいりました」

伊三次がそう言うと駒吉は下を向いたまま頭を下げた。麻帷子《あさかたびら》の衿から見える細い首に垢がこびりついていた。伊三次は牢屋同心を振り返って「旦那、あいすみませんが、桶に熱い湯を貰えませんか」と頼んだ。一瞬、若い牢屋同心は煩わしいような表情を見せたが黙って肯いた。伊三次は台箱を開けて毛受けを引き出すと、駒吉の前に廻ってそれを持たせた。丸い眼が脅えたように伊三次を見つめた。伊三次は微笑んだ。前にちらっと見た時とは少し印象が違っていた。よく見ると、まだあどけなさも残っている。薄汚れた元結を握り鋏で切り落とすと、元結に絡まっていた髪の毛も一緒に畳に落ちた。駒吉はそれをじっと見ていた。

牢屋同心は桶を運んで来た後も牢の外からじっと伊三次と駒吉の様子を監視していた。

「あいすみません。わたしはお役人に見つめられると手許が竦《すく》んでしまうたちなんで、見えねェ所にいてくれませんか」

「お前も何かお上に背くような覚えがあるのか？」

「とんでもねェ。いたって気の小《ちい》せェ性分なもので」

牢屋同心はふんと鼻を鳴らすと格子の前から離れた。床几にでも腰掛けたのか堅い音がした。それから牢屋同心は欠伸を洩らした。伊三次はその声からどのくらい離れたのかを計っていた。小声で話す分には、その牢屋同心の所までは届かないだろう。

伊三次は湯気の立っている桶に手拭いを浸し、堅く絞って駒吉の耳の際、首、顔と丁寧に拭いた。花色手拭いはみるみる墨に漬けたように黒ずんだ。

「嫌やだ、垢だらけね。いっそ恥ずかしい。あたし、女の髪結いさんが来るものと思っていたから……」

「あいにく、適当な人がいなかったんですよ。勘弁しておくんなさい。わたしも女の髪は滅多に結わねェので気に入っていただけるかどうかわかりやせんが」

伊三次は手を休めずにそう言った。色黒に見えていたのは垢のせいであった。手拭いで駒吉の肌を拭き上げると、初めは赤くなった肌もみるみる張りのある白さを取り戻していた。

伊三次は髪を梳く前に駒吉のぼうぼうの衿足に剃刀を当てた。駒吉の衿足は存外に長かった。

「あたし、もう何カ月も首なんて剃ったことはないわ。首を洗って待つって、このことね」

「おしのさん、悪い冗談だ」

「あたしの名前、知っていたんですか？」

駒吉は少し驚いたような声で訊いた。

「へい。どうですか、気持ちいいでしょう？　女は衿足を剃られるのが大抵好きだ」

「あら……」

伊三次の口調に色っぽいものを感じたのだろうか。駒吉はくすっと笑った。それで伊三次に対する警戒心が解けたようだ。しょっ引かれてから櫛を入れたことのなかった髪は絡まって伊三次は往生した。それでも根気よく梳いている内にようやく駒吉の肩から流れるように背中に伸びていた。元結のあたりは蒸《む》れて赤くなっている。梳櫛で丁寧に垢を落とし、痒みを覚える部分は何度も爪で柔かく掻いてやった。

女の髪は男と違って筋分けをすると、いきなり根を取って元結で縛る。髱《たぼ》を造り、根の部分に足して後頭部に量感をつける。この時、根を縛った元結の先は切らずに長くしておいて髱を造って根に足した髪もそれで縛るのだ。

さらに手先で横鬢を出し、その先の髪も根に縛る。女の髪はすべて根が中心になるのだ。

根がぐらぐらになると女の髪は台無しであった。前髪を整え、髷を造る髪にかもじを足して折り曲げる。この髷に伊三次は髷棒を入れてつぶし島田に拵えた。お白州では、なるべくおとなしく見える方がいいだろうと伊三次は考えたのだ。本当は髷に鹿子や水色の手絡《てがら》を巻きつけ、前髪には前挿《まえざ》しという簪を挿すのだが、あいにく伊三次にはその用意がなかった。柘植《つげ》の櫛を元結の際に挿して終わりであった。

「気が利かねェことで前挿し一本もありゃしねェ。勘弁しておくんなさい」

伊三次は手鏡を差し出しながら心底済まなさそうに言った。駒吉は「ううん」と首を振った。「どうせ麻帷子のこの形《なり》だもの、余計な飾りは邪魔だわ。きりりと仕上がって、いっそいい気分だ。今まで髪を結って貰った内で一番の出来だ」

これで着物を整えて化粧を施したら、駒吉は極上の芸者の部類に入るだろうと伊三次は思った。芸がなくてもお座敷でもてたわけである。

「あんたはまだ若い。これからひと花もふた花も咲かせられるというのに……」

伊三次は手鏡を見つめている駒吉に低い声で囁いていた。

「ありがとう髪結いさん」

「これで本当にあんたはいいのかい？」

「いいの、これでいいの」

駒吉は鏡の中の自分に確認するようにそう言った。ちんまりとした丸い顔は何んとも言えない愛嬌があった。その顔がこの世から無くなるのである。伊三次はもの悲しさに捉えられていた。駒吉の命がいたましかった。

「ひとつだけ教えてくれねェか。あんたはどうしてあのろくでなしを庇うのよ、あいつが初めての男だからか？」

駒吉は手鏡からゆっくりと視線を外し、伊三次を見つめてふわりと微笑んだ。その笑みには伊三次をぞっとさせるものがあった。すでにこの世のものとは思われない不思議な妖しさに満ちていた。

「あんたはただの髪結いじゃなさそうだ」

「とんでもねェ。おれは嘘も隠れもねェただの髪結いよ。あんたのことを八丁堀の旦那から聞かされて、つい、いらぬおせっかいをしたくなっただけよ」

地の言葉になって伊三次は言った。「あんたはすっかり死ぬ覚悟を決めていなさるようだから、今更おれが何も言うことはねェんですがね、あんたが死んだところで鳧《けり》がついたことにはならねェんですよ。いいですかい、真実ってことですよ。真実ってェのはいつも一つきりのものなんだ。あんたはそれを曲げて死ぬんだ。あんたは世間に嘘をついたまま死ぬことになる。本当にそれでいいと思うのかい？」

「この世で何が真実か、何が真実でないかなんてあたしにはわからないけど……彦さんは死なせたくなかったのよ」

「そんなに惚れていたのかい？」

「そうじゃないの」

駒吉はいらいらした様子で眉間に皺を寄せた。「言ってもわかって貰えるかどうか……」

「言って下せェ。おれはそれを訊かねェことには後生が悪くて叶わねェ」

「湯屋でね、お父っつぁんの声を聞いたの」

「へ？」

「お父っつぁんが亡くなって五年も経ってから突然、お父っつぁんの声が聞こえて来たのよ。あたし、お父っつぁん子だったものだから、かなり大きくなるまで一緒に湯屋に行っていたのよ。お父っつぁんは湯舟に浸かるといい気持ちになってざれ唄なんかうたうのよ。猫じゃ猫じゃとか埒《らち》もないものだけど、周りの人も調子を合わせて、そりゃ楽しかった。お父っつぁんは娘のあたしが言うのも何んだけど渋い、いい喉をしていたの。そのお父っつぁんの声をあたしは聞いてしまったのよ」

「……」

「だれがうたっているのか見当もつかなかった。毎日湯屋に通って、とうとうあたしはその人を見つけたの」

「それが彦太郎」

「ええ、そうよ。あたしは夢中で唄をうたってほしいと頼んだの。彦さんは銭を持ってお座敷に来たらうたってやると言ったわ」

「奴はその頃、何をしていたんです？」

「幇間《たいこ》の見習いだった。口がうまいのと唄がいけるので彦さんのお師匠さんは目を掛けていたようだけど、彦さんはお師匠さんのおかみさんに手を出したとかで破門になってしまったの」

「とんでもねェ野郎だ」

「でも、あたしと初めて逢った頃はまだ幇間をしていたのよ。お座敷になんて青物屋の娘が行けるわけがないじゃないの。それであたしは芸者になったのよ」

伊三次は呆れていた。そんなことがこの世にあるのかと訝《いぶか》る気持ちだった。

「彦さんの声を聞いているだけで、あたしは滅法界もなく倖せだった。だからね、彦さんにどんなに無体なことを言われても仕方がなかったのよ。あの声を聞くと、まるでお父っつぁんに言われているような気になってしまうのよ。自分でもとことんの馬鹿だと思うわ。だから……このざま……でも、もういいの」

「あんたは夢を見ていたんですよ」

「そうね、夢か幻を見ていたのね」

駒吉がそう言って溜め息を洩らした時、牢屋同心の罵声が飛んだ。

「終わったらさっさと出ろ」

伊三次は首を縮めて「申し訳ありません」と謝ったが、駒吉は強い目付きでその同心を睨んでいた。もっと伊三次に話しておきたいことがあったのだろう。それでも伊三次が牢屋同心に桶を手渡している間に、伊三次の台箱を片付けてくれた。毛受けのふけを払い、台箱にきちんと収めると伊三次に差し出して「ありがとう、髪結いさん」と言って丁寧に頭を下げた。湿っぽい牢の中に鬢付の香りが匂っていた。それが、伊三次が見た駒吉の最後の姿だった。

駒吉はお裁きを待たないで、その夜、自害して果てた。計画的だったのか、発作的だったのか伊三次は今でもそれがわからない。伊三次の剃刀を駒吉はそっと掠《かす》め取ったのだ。

剃刀が無くなっていることには翌朝まで気づかなかった。不破に仔細を説明するのに夢中だったこともあるし、雨が丁場を廻る足を止めさせていたせいもあった。深夜に牢屋同心が見廻った時は駒吉の軽い寝息が聞こえていたという。しかし、朝方には駒吉の寝床は血の海で、すでにこと切れていた。駒吉は伊三次の剃刀で首筋を切って自害したのだ。

六

梅雨の晴れ間のような穏やかな日であった。

空は薄い雲が掛かっていたが、陽射しはその雲を透かして地上に光を送っていた。伊三次は深川の信濃屋の帰りにお文の家に寄っていた。駒吉の仔細を話すとお文の眼から噴き出すように涙が流れた。

「でも、それでよかったのかも知れないよ。どうせ引き廻しの生き恥を晒すくらいなら、いっそその方が潔い。小染は最後には深川芸者の心意気を見せてくれたというものだ」

お文は洟をかみながらそう言った。お文にとって駒吉はいつまでも深川にいた頃の小染でしかなかった。親しく口を利いたことはなかったが、彦太郎にゆすられていた彼女を同じ芸者として心配していたようだ。

おみつは買物に行っていなかった。お文は伊三次に冷えた麦湯をすすめ、葛饅頭ののった皿を出した。伊三次がそれをうまそうに食べるのを横目に見ながら、自分は煙管に火を点けた。湯屋に行って、洗い髪を背中に散らしていた。

「しかし、お前ェはとんだ災難だったねえ。剃刀はなくすし、つまらねェ詮議は掛けられるし……」

口調は同情しているようだが、お文の眼は伊三次の災難をおもしろがっているふうがあった。

「おうよ、八丁堀にまで疑われたぜ。自害をそそのかしたんじゃねェかと」

「本当はそうじゃないのかえ？　ぱッと死に花咲かせろとか何んとか……」

「よしやがれ、おたんこなす！」

お文は顎をのけぞらせて乾いた声で笑った。

駒吉の笑い方とは似ても似つかない、生きて呼吸している人間の笑いだった。伊三次はようやく胸の重苦しさから解放されたような気がした。

「それはそうと彦太郎はどうなった？」

お文は思い出したように訊いた。

「奉行所は最初から主犯は彦太郎じゃねェかと当たりをつけていたんだ。だが、駒吉が下手人は手前ェだと言うもんだから仕方なく罪を駒吉に被せていたんだ。死人の口書きなんざ今更何んになる。ほ、あいつはこれでようやく獄門だ。世話の掛かった野郎だった」

「そうかい、それで小染もうかばれる。わっちは彦太郎の引き廻しの時は両国橋で待ち伏せて石でもぶつけてやろう」

「恐ろしいことを言う女だ」

「ふん、それくらいしないと腹の虫がおさまらないよ」

「それにしても彦太郎の声が父親に似ていたからだとは埒もねェ。おれは手前ェの親父の声など思い出しもしねェ」

「さぞや可愛がられて育ったのだろうね。いっそ羨ましいというものだ。わっちは親の声どころか顔だって憶えちゃいない」

お文はてててなし子だった。母親も芸者をしていた女だったそうだが、お文を産み落とすと子ども屋のお内儀に言われるままにお文を里子に出してしまったのだ。そうしなければ母親は商売を続けられなかったのだ。

「ただ、一つだけ……」

お文は曇っているのに妙に明るい空を仰いで呟いた。「わっちがまだ歩けもしない頃、誰かがわっちをふわっと抱いたんだ。その胸のあたりからいい匂いがしたことをはっきりと憶えている」

「いい匂いって？」

「白粉《おしろい》の匂いさ。仙女香《せんにょこう》だった。自分が化粧《けわい》をするようになって、色々化粧の品を揃えた時、ああこの匂いだって思い出したのよ」

「それがおっ母さんの匂いだったのか？」

「さあてね、わっちを抱いてくれたのが果たしておっ母さんだったのかどうか……」

お文は醒めた様子で煙管の灰を煙草盆の灰落しに打ちつけて言った。

「しかし、駒吉のことは何んだか後味が悪いや」

「剃刀は戻って来るんだろ？」

「自害に使った剃刀なんざ、後生が悪くて使えるか」

伊三次は吐き捨てた。

「物いりだねえ」

お文は溜め息混じりに言った。「だからお前ェはいつまでも貧乏から抜け出せない。

わっちもそろそろ年増芸者と悪態をつかれる年なのに……」

た。

暗に伊三次が所帯を持ってくれないことの恨みを込めている。伊三次は返答に詰まっ
伊三次はお文を喜ばせる言葉を胸の中で捜していた。しかし、それは容易には見つからなかった。伊三次は微かに揺れる庭の木々に視線を投げてから「髪ィ、結ってやろうか」と言った。お文の髪は鬢付をつけない水髪に結うのである。仕事は手間だったが、仕上がりの美しさ、自然さは鬢付のものより数段まさった。お文の顔が紅潮した。いつの間にかその言葉は色っぽい合図にもなっている。

髪を結う前に……。

「嬉し……」とお文は蚊の鳴くような声で呟いた。お文は後ろ手で障子を閉める。薄青い空や樹木の緑が視界から消えるのと、お文がぶつかるように伊三次の胸に飛び込んだのは同時だった。

暁の雲

一

暗みを増した空に閃光が走った、と思う間もなく、どろどろと響く遠雷に迎合するように庭のやつでの葉がぷつッと弾けたような音を立てた。

俯《うつぶ》せの恰好のまま、お文《ぶん》は首をねじ曲げて空を仰いだ。すると、額に間髪を容れず雨粒が一滴落ちてお文は一瞬、眼を閉じた。雨粒の感触は存外に強いものだった。まるで小粒の石でも当てられたようにお文の額の一部分が痺れた。自分の気持ちが弱っていることをお文は感じていた。

お文は縁側から座敷にずるずると身体を後ずさりさせた。起き上がって雨戸を閉《た》てることは大儀だった。近所の女房連中の「ひえッ」という大袈裟な声が重なって聞こえる。すぐに天水桶を引っ繰り返したような雨になったから、洗濯物を取り込むところなのだろう。

お文は煙草盆を引き寄せ、煙管《きせる》に火を点《つ》けて土砂降りの雨を見物する。雨には何かこう、心のもやもやを引き剝がすような小気味よさがあった。雨のしぶきが縁側の板を盛大に濡らしていた。（構うこたァない）お文は胸の中で呟く。何も彼《か》も面倒臭く、生きているのさえ鬱陶《うっとう》しかった。

それもこれも十日ほど前に世話になっている茶屋のお内儀《かみ》から囁かれた言葉が原因となっていた。深川・門前仲町の料理茶屋「宝来屋」のおなみはお文に世話をしてくれる旦那の話を持って来た。深川で芸者をしているお文にそんな話があってもさほど不思議ではない。深川芸者は「辰巳《たつみ》」とか「羽織《はおり》」、「勇俠《きゃん》」などと呼ばれ、吉原や柳橋の芸者とはひと味違った魅力をそなえていた。辰巳のお勇俠《きゃん》芸者と遊ぶことが江戸の男の通《つう》だと言われていた。世話をしたがる男は結構いた。お文に伊三次という間夫《まぶ》（恋人）がいたところで話は別だった。「旦那一人に間夫ひとり」とまことしやかに語られるほど芸者の世界では割り切った考え方がされる。子ども屋に前借りが嵩《かさ》んでいる芸者の中には旦那が一人では間に合わなくて、二人、三人と器用に捌《さば》いている豪の者もいた。お文は自前の芸者であったから旦那を持つ気持ちはさらさらなかったが、試しにその旦那の名を聞いて目を剝《む》いた。伊勢屋忠兵衛、材木仲買商の二代目であった。お文が五年ほど前に世話になっていた旦那の息子に当たる男だった。先代はとうに亡くなっていた。「冗談じゃない」とお文はおなみに口を返した。犬猫でもあるまいし。

「そう言うと思ったんだけどね、先様はずい分ご執心なものだから……。お前さんが先代に世話になっていた頃から、ひそかに思いを寄せていたそうなんだよ。何んとかしてくれと泣きつかれてね」

おなみは京伝好《きょうでんごの》みの赤い羅宇《らう》の長煙管を遣いながら、いかにも残念そうな口ぶりであった。お文は裾を翻して宝来屋の内所を出たが、おなみはそれからその話をことあるごとに蒸し返していた。お文は当てつけにお座敷を休んだ。女中のおみつが心配してあれこれ訊ねて来るのをうるさく思い、少し考え事をしたいからと佐賀町の実家に帰してから寝るとも起きるともつかない日を暮していた。こんな時、伊三次が顔を見せてくれたら少しは気が紛れるのにと思っていたが、廻り髪結いの伊三次は本業が忙しいのか、裏の仕事が忙しいのか、とんとお文の前に姿を現そうとしなかった。

宝来屋のおなみが言うには、伊勢屋の話を呑まなければ住んでいるお文の家も取り上げられる恐れがあるらしい。蛤町のお文の家は伊勢屋の先代がお文のために見つけてくれたものだった。

親の持ち物をすべて子供の物だと考える二代目の根性も腹に据えかねるが、お文の困惑を楽しむようなおなみの表情もお文をいら立たせるものだった。

地鳴りのような音を立てて雨は降り続いている。地面から白い靄《もや》も立ち昇って外は煙っているように見えた。どこか遠い所から女の声も聞こえた気がしたが、お文は構わず外の雨を飽かず眺めていた。この家を追い出されたらどうしよう。別に家を見つけるにせよ銭は掛かる。せっかく一本立ちになれたというのに、また借金の種を作るのは気が重い。わずかな借金がこの世界ではまたたく間に途方もない額になる。恐らくそのためにお文は皺《しわ》だらけの老婆になるまで稼がなければならないだろう。伊三次は当てにできる男ではない。(ああ嫌やだ)お文は胸の中で呟いて首を振り、灰落しに煙管を打ちつけた。

「ちょいと……」

カラリと襖が開いて宝来屋のおなみが肩のあたりを濡らしてお文の前に現れていた。どうやら女の声は空耳ではなく、お文の家の土間口から聞こえていたらしい。耳まで遠くなったかとお文は軽い舌打ちをした。

「あらあら」

おなみは開けっ放しの縁側に行き、手慣れた様子で雨戸を立てた。戸板一枚分を残したのは明かり取りのつもりだろう。それが済むと台所から雑巾を持って来て、濡れた板の間を拭いた。おなみは掃除好きの女だった。

縁側の障子を閉めると仄《ほの》暗い座敷はさらに暗くなった。むっと暑さもこもる。おなみは少し荒い息をしてお文の前に座ると袂《たもと》から手拭いを出して濡れた肩先や頭を拭いた。

「ちょいと歩いたらいきなりの雨になっちまって……そこの蕎麦屋で傘を借りたら、これがとんだ破れ傘《や》で、これじゃ文覚《もんがく》だよ全く」

文覚とは滝に打たれて悟りを開いた禅僧のことを言っているのだろうとお文は思った。おなみの肩越しに、すぼめた蛇の目が見える。蛇の目の先から雨の雫が落ちて三和土《たたき》に丸い小さな水溜まりを作っていた。

おなみは紺の透綾《すきや》の着物に路考茶《ろこうちゃ》の帯を締めていた。茶屋のお内儀らしい粋な装いである。縮緬《ちりめん》の柔かそうな下着が着物を透かして見える。お文は藍色に竹を白く染め抜いた大模様の浴衣に錆朱《さびしゅ》の細帯を締めていた。

おなみは勝手にお文の煙草盆を引き寄せ、部屋の隅に押しやられている火鉢の、消えかけている炭で一服点けた。懐から出した煙草入れも意匠を凝らした唐織でできている。恐らく、江戸の京橋にある京伝店《きょうでんだな》で誂えたものであろう。京伝店は戯作者山東京伝《さんとうきょうでん》が興した煙草入れの店で江戸では評判が高い。おなみは京伝の贔屓だった。

「わざわざお越し下さっても、あの話ならお断りですよ」

お文は座蒲団と団扇をすすめ、茶の用意をしながら言った。

「わかっているよ。お前さんに謀叛を起こされちゃ、あたしの商売にも差し支える。今日はその話をしに来たんじゃないよ」

おなみは灰落しに煙管の雁首を打ちつけるとそう言った。おなみはそろそろ四十になろうというのに、肌がきれいなせいで若く見えた。昔は結構売れた芸者だったらしい。

宝来屋の今の主《あるじ》にみそめられてお内儀に収まったのだ。言わば理想的な形で芸者を引退した女だった。苦労を知らない分、時々訳のわからないことも言う。

「おみっちゃんは買物かえ？」

お文の淹《い》れた渋茶を啜っておなみが訊いた。

「実家に帰って貰っています。この家を追い出されるなら先のことも考えなきゃなりませんからね」

「まさかそこまでは……」

「でもお内儀さんはこの間、そんなことをおっしゃったじゃありませんか」

「そ、そうだったかねえ。どうも年のせいで自分が何を言ったのか忘れるようになっちまった。嫌やだねえ」

おなみは取り繕《つくろ》うように笑った。都合の悪い時だけ年寄りになる、とお文は胸の中で毒づいていた。

「わっちは黙って追い出されたりはしない。恥の一つも掻《か》かしてやらなきゃ気が済まない」

気色ばんだお文にさすがにおなみは慌てて「わ、わかったよ。わかったから落ち着いておくれ。家のことはわたしがうまく伊勢屋の旦那に話すからさ」と言った。

「生意気を言うようですけれど、わっちは芸だけを売る芸者でいたいんですよ。二枚証文じゃア辰巳芸者の名折れだ。これだけは意地を通したい。旦那を持てば銭の心配はなくなるだろうが……銭があるばかりがいいともわっちは思えない……」

「そりゃ、お前さんが家もあり、前借りもないご身分だから太平楽を言えることでね」

「……」

「まあいい。この話はもう少し様子を見よう。だが、気が変わったらいつでも言っておくれ」

おなみは抜け目なく言って「ところでね……」と膝を進めた。

「魚花《うおはな》の亭主が突然亡くなってね、昨日が葬式だったんだよ。下谷の正法寺まで行って来たんだよ」

「え？」

寝耳に水とはこのことか。お文の胸がドキリと音を立てた。「だって魚花の御亭《ごてい》さんはまだ四十そこそこの働き盛りじゃありませんか」

「あたしと同い年だから三十九だった」

おなみは衣紋《えもん》を取り繕った。若いと言われたいのである。お文はそれを無視した。

「悪い病にでも？」

「いいや。それがねえ、一昨日《おととい》、いや、その前の日だった。鈴本に上がって、いつものようにさんざ遊んだ後で栄木河岸《えいきがし》から猪牙《ちょき》で日本橋に戻ったんだが、川にはまって溺れ死んだんだよ」

「酔って舟から落ちたんですか？」

「そういうことになっているが、でもおかしいんだよね。猪牙の船頭は確かに舟着場に下ろしたと言うんだよ。魚花は千鳥足だったがいつものことだ。店は舟着場からすぐの所だろ？　船頭はろくに見送りもせず、すぐに舟を出してしまったそうだけどね。そぞろ歩きしている内に足を踏み外したものかねえ。翌朝になって土左衛門で見つかったのさ。おお嫌やだ、うちの店でなくてよかったよ」

「鈴本じゃ大騒ぎでしたでしょうね」

「そらもう大変だった。お前さんは休んでいたから知らなかっただろうが」

「…………」

鈴本は宝来屋と同じく名のある料理茶屋である。客は深川ばかりでなく江戸からも訪れた。

店裏が栄木堀の栄木河岸にのぞむので客は舟の利用が多い。魚花は日本橋の塩魚問屋で、そこのお内儀はお文の先輩に当たる芸者だった。浅吉という権兵衛名でお座敷に出ていた。実の名をおすみと言い、今年三十五になる。魚花の亭主とは相惚《あいぼ》れで一緒になった経緯《いきさつ》があった。おすみが所帯を持った頃の魚花は今のような大店ではなく、棒手振《ぼてふ》りに毛の生えたような小さな魚屋だった。おすみは所帯を持ってから魚花をもり立てようと一生懸命働いて今日の魚花を築いたのだ。お文はひそかに、このおすみを手本にしていた。いつか伊三次と一緒になり、堅気のお内儀に納まる夢をお文は持っていた。だから魚花の亭主の突然の死は、お文にはひどくこたえた。

「わっちは葬式にも行かず浅吉姉さんに礼を欠いてしまったようだ」

お文の声が沈みがちになった。それでなくても、もう随分おすみとは逢っていない。おすみも所帯を持ってから商売が忙しいので滅多に深川には訪れなくなった。二年に一度の深川八幡の祭礼に、世話になった子ども屋や茶屋に顔を出すくらいのものである。その時にはお文も懐かしくて、昔の調子で「姉さん」と、つい甘えてしまう。伊三次と自分のことは知っている様子で「仲良くやっておいでかえ？」と優しい言葉を掛けてくれた。自分の先行きのことをゆっくり相談したいものだと考えていた矢先のことである。

ふと、ひと月ほど前に佐賀町でおすみを見かけたことをお文は思い出していた。いや、あれは人違いかも知れない。ほんのつかの間、お文の目の前を通り過ぎて行っただけのことだから。

ちょうど女中のおみつの給金を届けに行った時だった。おみつの実家は佐賀町で小さな履物屋を営んでいる。おみつの父親の弥五《やご》は口の利けない男だったが履物を拵《こしら》える腕は大層よかった。伊三次もおみつの父っつぁんの腕は江戸随一だと褒め上げる。

お文が店に顔を出すと弥五はろくに挨拶もしないが、お文の履物に手を伸ばして鼻緒の状態に気を遣ってくれる。鼻緒が弛《ゆる》んでいるとすぐに手直ししてくれた。お文は弥五が自分に対して好意的になっていることを感じる。

最初は芸者の家に娘が女中奉公など、とんでもないと反対していたそうだから。

お文はおみつの所を訪れると茶の間に入らず、いつも弥五が仕事をしている店の隅に腰を下ろして、わかってもわからなくても世間話をすることにしている。その日も小半刻もそうしていたろうか。店の前を足早に通り過ぎるおすみを見掛けた。「あれ、姉さん」と声を出したがおすみには届かなかった。ずい分急いでいた様子だった。おすみの後ろを白いお仕着せの男がついていた。あの男は魚花の奉公人のようにも見えなかったので、もしかしたら人違いかも知れない。ただ、その後ろ姿を見たことで、おすみのことをいつもより気に掛けていたことは確かだった。虫の知らせと考えるにはいささか頼りない話だが。

「でも、浅吉はこれで案外ほっとしているのかも知れないよ」

宝来屋のおなみは二杯目の茶を啜りながら訳知り顔で言った。

「御亭《ごてい》が亡くなってほっとする女房なんているもんですか」

お文はかッとしてつい荒い口調になった。

「お前さんは知らないから浅吉を庇《かば》うが、あの亭主は、もうほとんど商売の方はうっちやって、芝居だ音曲だ、季節になれば梅見だ月見だと風流していたんだよ」

風流していたとはこのお内儀らしい言い回しだった。

「まあそのお蔭であたしらの商売も幾らか潤ったのは確かだけどね」

「魚花さんは大店だから、御亭さんが直接、手を出すこともなくなったんでしょうよ。商売がうまく行っていたなら、それはそれで結構じゃないですか」

「でもね、あたしはあの亭主の昔を知っているから、店が大きくなったからといって金を遣う遊びに走るのがどうも腑に落ちないんだよ。野暮な男だったじゃないか」

「それはそうですけど……」

お文は魚花の亭主の顔をぼんやり思い出していた。かつて、月に一度だけ魚花の主の芳蔵《よしぞう》はこざっぱりした着物に着替えてお座敷を掛けてくれた。もちろんおすみのためである。

外でばかり逢うのは子ども屋に体裁が悪いと、なけなしの銭を遣うのだった。さほどの男前ではなかったが、物言いの優しいところがあった。その気持ちが嬉しかったから、おすみも情にほだされたのだろう。お文は芸者としては駆け出しで、おすみの伴についてお座敷を勧めることが多かった。あの頃のおすみは本当にきれいだったとお文は思う。踊りだって三味線だって、喉のよさだって深川では右に出る者がいなかった。だから子ども屋の主もお内儀もおすみが魚花の芳蔵と所帯を持ちたいと切り出した時は本気で反対したものだ。おすみの決心は揺るがなかった。年季を終えるとおすみは深川を去って行った。苦労するのは目に見えている、という陰口はお文も何度か耳にしたけれど、別れの挨拶をしていたおすみは幸福そうだった。

芳蔵はそれからぴたりと深川には来なくなった。それが再び現れるようになったのは三年ほど前からである。廻船問屋と組んだ仕入れが当たって、みるみる魚河岸で指折りの大店にのし上がったからだろう。久しぶりで見る芳蔵は昔の芳蔵ではなかった。着物も羽織も贅《ぜい》を凝らし、いかにも魚河岸を牛耳る大店の主の風格を備えていた。酒の量も昔とは違った。しかし、どれほど飲んでも、どれほど馬鹿騒ぎしても、芳蔵は楽しそうには見えなかった。店が大きくなれば、それはそれでまた違う気苦労があるのだろうとお文は思っていた。

「それでお前さん、どうする？」

おなみは腰を浮かしかけて訊いた。そろそろ茶屋もかきいれ時を迎える。

「今日はお座敷には出る気になれませんよ」

「そうかい。魚花へは行くのかえ？」

「あい、もちろんお弔いには行くつもりですが」

「明日はうちの店も紋日《もんび》だから客が立て込んで忙しいんだけどねえ。明日は出ておくれでないか」

「あい……」

「早くおみっちゃんを呼び寄せてさ。魚花は今日にでも行って来た方がいいよ」

「………」

「そうしておくれ。あたしも助かる。お前さんがいなくちゃ、何だかお座敷が寂しくて仕方がないよ」

おなみはにッと愛想笑いをして表に向かった。見送るお文も一緒に外に出た。

雨はいつの間にか止んで、外は仄白い光が射している。やんまが飛んでいた。

おなみは雨が上がると借りた傘のことはすっかり忘れてしまったようだ。おなみを見送って土間口の戸を閉めた時、破れ傘はまるで捨て猫のようにしょぼくれて三和土に置き去りにされていた。

二

塩魚問屋「魚花」の店先は夕河岸の時分で大層な活気だった。大八車で荷を運ぶ人足やら、人々の夕餉《ゆうげ》のおかずに間に合わせて商売しようと躍起になっている小売りの魚屋やらでごった返していた。日本橋の魚河岸と言っても魚花は本船町や安針町の河岸通りではなく、海賊橋と新場《しんば》橋の間にある「新場」と呼ばれる魚市場にあった。そこは本材木町で日本橋の南寄りにあり、八丁堀とはごく近い。

新場は従来の魚河岸より二割安く品物を売る許可を得てから著しく繁栄した。生物《なまもの》は江戸湾で獲れたものはもちろん、房州沿岸、三浦三崎、相豆《そうず》沿海、遠い所では駿遠などより届く。九十九里、銚子、常陸からも荷は届くが九十九里物は高級料理屋では使用しない。もっぱら庶民のためのものである。

やはり鮮度の上で極上なのは江戸湾のもので、味もよいが値段も高かった。

お文は魚花の店先に立って戸惑いを覚えた。

前日に葬式が行われたというから、店はまだ暖簾を引っ込めて静かな雰囲気をしているものかと思ったが、どうして印半纏の手代や番頭も忙しく河岸と店を往復していた。いつもと変わらぬ魚花の風景であった。もしも、店先の「忌中」の半紙を貼った簾がなかったなら、葬式があったことすらお文は気づかないに違いない。それでも店に入って行くと、塩樽と糠樽の横に弔問の客に配る強飯《こわめし》を包む竹の皮の残りが束ねて置いてあった。線香の匂いも漂っている。お文は印半纏の中年の男におすみへ取り次ぎを頼んだ。

宝来屋のおなみを送り出してから、お文は急いで出かける仕度をした。葬儀用の紋付は葬式の終わった家に出かけるには間が抜けているように思えて藤色の無地の着物に帯だけは黒の無紋のものを締めて来た。来る途中で線香と蠟燭を買い、仏壇に供える麦落《むぎらく》雁《がん》も菓子屋で買って来た。

「お文……」

内所から出て来たおすみはお文を見て心細いような声を出した。引っ詰めの丸髷で木綿縞の着物を裾短かに着て、藍染めの前垂れの端をひょいと帯に挟んだ様子が粋ではあったが、やはりおすみも他の奉公人と同じで商売にすぐさま戻った様子があった。おすみはお文を内所に促したが、その合間にも奉公人にてきぱきと指示を与えることは忘れなかった。

内所は仏壇の扉が開けられ、御供物の水菓子や最中、饅頭が盛大に並べられていた。蠟燭の火も煌々《こうこう》ともり、短冊のようなものに書かれた戒名が墨の字も新しく仏壇の中心に掲げられていた。固い文字になるとお文は読めない。

線香を立て、お文は仏壇に手を合わせた。

戒名の文字は線香の煙で揺れているように見えた。

「本当に姉さん、この度は急なことでわっちは何んと言っていいのやら……」

お文は向き直っておすみに言った。うまい悔やみの言葉が出て来なかった。

「これも寿命なんだろうよ」

おすみは冷えた麦湯をお文にすすめながら案外さばさばした様子で言った。

「遅かれ早かれ、いつかはこんなことになるんじゃないかと思っていたんだよ」

「兄さんが亡くなるのがわかっていらしたというんですか？」

「ああ、女の勘というやつかねえ」

「…………」

お文は意外な言葉に驚いていた。そういうことがあるのだろうか。

「春先にあたしはどういう訳か夏の紋付を誂える気になったんだよ。紋付は持っていたんだよ。でもそれは何年も経っていい加減、色が褪《さ》めていたものだから、その内、新調しようとは思っていたんだが、なぜか急にその気になっちまって……。おかしいだろ？」

「虫の知らせでしょうか？」

「どうなんだろうねえ、息子の分まで作っちまったから、やっぱりそうなんだろうねえ」

おすみの息子は清助といい、まだ八歳にしかならない。背丈が伸びることを考えたら紋付はいかにも無駄なことだった。

「兄さんは何も深川で遊ばなくても、近間でたくさん茶屋などあるでしょうに。わざわざ舟を使ってこんなことに……」

お文は商売っ気のないことを言った。おすみはくすりと笑って「お前がそんなことを言っちゃ始まらない」と言った。

「あの人は深川が心底好きだったのさ、深川の気《き》っ風《ぷう》がね」

「本当はこんなことでもなきゃ、姉さんに相談したいことがあったんですよ」

「何んだえ？」

おすみは昔の浅吉の顔になって妹芸者の顔を覗き込んだ。

「でもいいんです。自分で何んとかしますから……」

「伊三さんのことかえ？　時々、店の前を通るのを見かけるよ。必ず挨拶して感心な男だよ」

「あの人のこともあるけど……」

「じれったいねえ、お話しよ」

お文はこんな時にとためらったが伊勢屋の経緯を話した。宝来屋のおなみが間に入っていることを含めて。おすみは眉間に皺を寄せて険しい表情になったが「それは伊勢屋よりも宝来屋の魂胆だよ」とあっさり言った。

「お前は相変わらず人がいいねえ。宝来屋はお前をもっと稼がせたいのさ。気に入らなきゃ平気でお座敷を休むそうじゃないか。お内儀さんはこぼしていたよ」

「ええ……」

「銭の心配がないのは人を怠け者にする。一生懸命働くんだよ、お文」

「あい」

「了簡《りようけん》を入れ換えるんなら、あたしが話をつけようじゃないか。伊勢屋はうちの店の普請の時に間に入ってる人だからね。ものの道理もわきまえた男だからわかって貰えるよ。宝来屋のお内儀も一発どやしたらおとなしくなるだろう」

亭主を亡くしたばかりだというのに、おすみはどうしてそんなに元気で威勢がいいのか。

お文はおすみの言葉に安心しながらも釈然としないものを感じていた。

三

晩飯を喰っていけとおすみが勧めるのをお文はようやく断って魚花を出た。一人で帰るのなら陽《ひ》のある内に戻りたかった。深川なら何刻《なんどき》になろうと構うことではないが、江戸はお文には見知らぬ他人の表情をしている町だった。河岸沿いに一町も歩かない内にお文は後ろから声を掛けられた。「文吉」と自分の権兵衛名を呼び捨てにする人間はこの世に二種類しかいない。一つは茶屋の客と主達、もう一つは紗《しや》の羽織の下は着流しの、扇子をぱたぱたやりながら胡散臭《うさんくさ》い眼をして人を見る、八丁堀の役人であった。不破友之進は北町奉行所の定廻り同心を務めている。不破の後ろに伊三次が寄り添うように立っていた。お文の胸の内はぱっと華やいだけれど、伊三次が商売道具の台箱を持っていなかったので裏の仕事をしているのだとすぐに見当がついた。台箱は廻り髪結いをする時の道具が収められているものだった。

「これは旦那、お務めご苦労さまでございます。お暑うござんすね」

お文は小腰を屈《かが》めた。

「うむ。お前ェも魚花の知り合いだったのか？」

「あい、魚花のお内儀さんは昔、深川でわっち等と同じ商売をしていたお人です」

「そうだってな。お前ェはかなり親しかったようだな。わざわざ深川から弔いに出て来るところを見ると」

「あい、姉さんにはずい分可愛がっていただきましたので」

「そうか……こんな所で立話も何んだ。ちょっと付き合え」

不破は有無を言わせぬ態度で、さっさと海賊橋を渡り始めた。伊三次が顎をしゃくった。

「わっちはこれから深川へ戻るところだったんだよ」

不破に聞こえないようにお文は伊三次に文句を言った。

「お座敷があるのか？」

「あるに決まっているじゃねェか。道草を喰っちゃ間に合わねェ」

伊三次は心底弱り切った表情で「堪《こら》えてくれ」とお文に低く言った。こういう場合、当たり前のことだが上司を立てる伊三次がうらめしく思える。お座敷は最初《はな》っから休むつもりでいても、お文はつい、意地悪がしたくなって嘘を言ったのだ。

三人は茅場町の提灯掛横丁にある一膳めしやに入った。「侘助《わびすけ》」というその店は昼は飯を喰わせるが、夜は酒も飲ませる所らしい。不破が時々立ち寄る店だった。贔屓の客は多いらしく、三人が店に入って行った時も結構な繁昌ぶりだった。奥の小上がりにも、鉤型になっている飯台の前にも客はいた。飯台から身を乗り出せば小さな板場が見える。年寄りの主が孫らしい十七、八の娘をせかして席を作り、三人は小上がりに近い飯台の前に腰を下ろした。お文のような女の客はその店では珍しいのか、職人ふうの客は好奇の眼でお文を眺めていた。「勇俠《きゃん》、勇俠《きゃん》」という声が盛んに囁かれた。深川芸者をその言葉に当て嵌《は》めて言っているのだ。出《で》の衣裳を纏《まと》っていなくてもお文の所作で何んとなく察するものらしい。

お文は客達の方を向いて「わっちは犬じゃあないわ、キャンキャン言うのはよしとくれ」と口を利いた。客はどっと笑い声を上げた。

伊三次がよせ、とお文の袖を引いた。

不破が酒を頼むと、黙っていても冷や奴と翡翠《ひすい》色に茹で上げた枝豆がすぐに目の前に並んだ。しばらくしてから焼魚と野菜の煮付けが来た。

「文吉飲め」

不破に促されてお文は盃を取った。驚いたことに、まるっきり下戸の伊三次までが不破の差し出す銚子を受けている。もちろん、恐る恐る舐《な》めるような飲み方ではあったが。お文はそれを見て軽い嫉妬のようなものを感じた。時には伊三次とさしつさされつ、しっとりと酒を酌み交したい日もあったのに、酒は駄目だ、酒糟《さかかす》を喰っても目が回ると言われては無理じいもできなかったのだ。それを、上司の勧めならば易々と嫌やな酒まで口にする伊三次の気持ちがお文には理解できなかった。

「旦那は魚花の御亭のことを探っているんですね？」

お文は盃をくっと飲み干して訊いた。不破の片方の眉毛がピクリと動いたが、ざっくり揃った白い歯を見せて「相変わらず察しがいい」とふっと笑った。お文は不破という男がどうにも好きになれなかった。五歳年上の不破がどんな男なのか摑み切れないせいかも知れない。不破は深川の商家の主と一緒にお座敷に上がることもあったが、そんな時の彼はひどく下衆《げす》な行動にも出る。お文の仲間の芸者達の中には不破を毛嫌いする者も多かった。酔うと女衆の裾をまくったり、平気で懐に手を入れたりするからだ。さすがにお文にそんなことをしないのは伊三次と自分のことを承知しているせいなのだろう。

「後家の頑張りたァ、よく言うが、どうでェ、葬式の翌日にはもう店開きだ。おれは呆れてものが言えねェ」

「それは旦那、魚は生物《なまもの》ですからぐずぐずしていられないからですよ。魚花の御亭が亡くなったところで江戸のお人が魚を食べるのを我慢する訳じゃありませんからね」

「違いねェ」

不破はお文の言葉に納得したように肯いた。

「しかし、あのお内儀はいい女だなあ。ふわっと笑った時の片えくぼが何んとも言えねェ色気がある、なあ伊三《いさ》」

不破は伊三次に相槌を求めた。お文を中心に伊三次が左に不破が右に座っていた。

「へい、ですがあの笑い方は……」

「何んだ？」

「口許は笑っていますが、眼がどうにも凄《すご》みがあって、怖いような、それでいて寂しいような……うまく言えねェんですがね」

「姉さんは倖せじゃなかったんだろうか」

お文は伊三次の言葉にふっと気づいたように呟いた。

「倖せじゃなかったのさ、文吉」

不破はきっぱりと言った。

「なぜ？」

お文は怪訝な眼を不破に向けた。不破はその視線をさり気なく避《よ》けて「亭主に可愛がられていない女房だったからよ」と言った。

「嘘だ！」

お文は間髪を容れず不破の言葉を否定した。

三人の横で管《くだ》を巻いていた連中が一斉に引き上げると妙な静寂が辺りを包んだ。だからなおさらお文の声が店内にこだまするように響いたのかも知れない。小上がりのお店《たな》ふうの男が振り返った。だが、すぐに何事もない様子で連れの男に銚子を傾けて仕方《しかた》噺《ばなし》を続けた。

「そんなことがあるものか。姉さんは魚花と相惚れで一緒になったんだ。そんな、可愛がられてなかっただなんて、あんまりだ」

「ふん、お前ェはまだ若けェな。惚れたはれたで一緒になったところで夫婦になりゃ、また別の事情が出て来るってものよ」

お文は黙った。宝来屋のおなみの言っていたことを思い出していた。魚花の亭主が風流するようになったことと不破の言葉はどこかで符合するような気がした。

「子供が一人だけっていうのも合点が行くじゃねェか。あのお内儀の体格じゃ、もう二、三人いてもおかしくはねェ」

「そりゃどうでしょう」と伊三次が異を唱えた。

「旦那のところだって一人息子ですよ」

「おれのところはだな、種も肥やしも極上だが畑がもう一つで実がならねェだけの話だ」

不破は顔を赤らめながら豪気に言い放った。

「へえ、畑がねェ？」

侘助の亭主が銚子を飯台に置きながら甲高い塩辛声で半畳を入れた。痩せた身体と白髪頭は年寄りだが、口だけはまだまだ達者なようである。

「うるせェぞ、梅干し爺ィ！」

「こりゃどうも」

亭主は訳のわからない言葉を返して板場に引っ込んだ。梅干し婆ァは聞いたことがあるが梅干し爺ィとは言わない。不破の口の悪さは相変わらずだとお文はようやく笑い声を立てていた。

「ところでな、魚花のお内儀だが……」

不破は亭主が引っ込むと急に真顔になってお文の顔を見つめた。酔っているのか、しっかりしているのかお文には判断できない。伊三次はとうに茹で蛸のように顔を赤くしていた。

「近所でも評判のできた女房だ。誰も悪く言う者はいねェ。その代わり、亭主は怠け者だの、ぐうたらだのと散々だ。ところがお内儀に言わせりゃ、いい亭主だった、子供のいい父親だったと泣きながら繰り返してばかりよ。死んだ者を悪く言いたくねェのだろうが、いささか褒め過ぎだ。おれァそこのところが引っ掛かってならねェのよ。なあ、文吉、近い内にもう一度魚花を訪ねて仔細を訊いちゃくれねェか」

「何を訊きたいんです？」

「何ってか？」

「まさか旦那は魚花の御亭を川に突き落としたのは姉さんだと言うんじゃないでしょうね」

「そこまでは考えていねェが……」

「仏様のことは調べがついたんでござんしょう？　旦那はさんざ仏を見ているから、これが事件かどうか見当がつくはずですよ、違いますか？」

切り口上になったお文に伊三次が「お文」と低い声で制した。不破は上唇を舌で湿した。

「そこまで言うならおれの勘でこいつァ事件だろうと思っている。なあに、仔細を訊くと言っても世間話にまぎらわせてよ。お前ェのことだ。こいつが仕組まれたことならどこかでピンと来るものがあるはずだ」

ピンと来るものはすでにあった。夏物の紋付を誂えていたことだ。夏場の葬式を予定していたような話は不思議に思えた。だがお文はそれを不破には話さなかった。おすみを悪者に仕立てたくはなかった。

「姉さんが御亭に可愛がられていなかったというのはどこから仕入れたことです？」

「鈴本のお内儀から聞いた。お座敷での女房の悪口は耳を塞ぎたくなるほどひどいものだったそうだ」

「どんな？」

「その……」

不破に少しためらう色があった。いわゆる女の身体が老化するに伴うある種の症状を口汚く罵っていたものらしい。お文は頭にかッと血が昇っていた。

「そんな、誰だって年を取れば若い頃と同じという訳には行きませんよ、あんまりだ」

「だからな、色々合点の行かねェことがあるからお前ェにもひとつ頼みてェのよ」

「わっちにまで下っ引きの真似をさせるんですか」

お文がそう言うと不破はきな臭い顔になって自分の月代《さかやき》をつるりと撫で上げた。

「おう、伊三、お前ェの弁天さんはすっかりおかんむりだ。どうにかしてくれ」

「お文、送って行こう」

伊三次はさり気なく助け船を出した。お文は不破に礼を言って店を出た。外に出た二人に不破の大声が覆い被《かぶさ》った。「伊三、戻って来なくていいぞ」

四

「舟で行くか？　それともぶらぶら歩いて行くか？」

伊三次は訊いたが、足は自然に舟着場に向かっていた。伊三次は魚花のことは探らなくてもいいと言った。不破のことは気にするなとも言った。「あの人ァ、いつもああなんだ」と。

夜の茅場町は人通りが少なかった。

「帰るのが大儀だ。お前ェの所に泊まっちゃまずいのか？」

お文が少し甘えた声で言うと、途端に伊三次は狼狽した様子を見せた。

「おれの塒《ねぐら》なんぞに泊まれるものか」

「そんなことはねェ。一度お前ェの住んでいる所が見たい」

「何んならおれが深川に泊まってもいいぜ。そうしよう、どうせお前ェはお座敷は休んじまってるし、おれは明日の朝、不破の旦那のお務めに間に合わせて戻ればいいから」

「嫌やなのか？」

「え？」

「わっちがお前ェの所に泊まるのが嫌やなのか」

「そんなこともねェが……」

伊三次は歯切れの悪い言い方をした。一度引いた怒りが再びお文を突き上げた。

「わっちはお前ェの何んなんだ、え？　ただの情婦《いろ》か？」

「お文」

「そういうことなら、ここで切れ話をしたっていいんだ。わっちはもう飽き飽きしている。いつまでもこんな間柄はかなわねェ。わっちは茶屋のお内儀から旦那を持てとせかされているんだ。瘦せても枯れても辰巳芸者の文吉だ。引く手あまたってことよ。お前ェに操立《みさおだ》てしてるばかりが能でもあるまい」

お文はそう言うと舟着場にいた船頭に「やっておくれ」と声を掛けた。船頭は「へい」と応えて舫《もや》い綱を解き始めた。小舟の下で川の水がたぷたぷと音を立てていた。蛍火みたいな小舟の提灯が黒い川の水を微かに照らしていた。

「悪いが気が変わった、少ねェがこれを取ってくれ」

お文が舟に乗り込もうとした時、伊三次は突然、お文の手を強い力で引いた。それから船頭にびた銭を放った。船頭は訳のわからない様子だったが、夜目には黒い影のようにしか見えない身体を屈めて見せた。

伊三次はお文の手を摑んでぐんぐん歩いた。

「痛いじゃないか、放しておくれ」

お文がそう言っても伊三次は力を弛めなかった。伊三次は今来た道を戻り、侘助の手前の小路を入った。それから右に折れ、左に折れして油障子が続く裏店とおぼしい入り口の門をくぐり、奥の灯りのついていない戸口の前で立ち止まった。そこが伊三次の塒だと教えられた。

伊三次は屈み込んで戸障子の隅から五寸釘を引き抜き、「よッ」と掛け声を入れて戸を開けた。五寸釘は錠の役目をするものらしい。

「入《へ》ェんな」

お文にためらうものがあった。思っていた以上にそこは、その場所は古びていた。夜目にも羽目板の腐れがわかった。軒下におしろい花がぽつんと咲いているのも侘しい。中に入ると、若い男のこもった匂いに混じり、微かに鬢付油の香りがした。

「待ってろよ、すぐに灯を入れるから」

狭い部屋の行灯《あんどん》を引き寄せ、伊三次は灯りを点けた。部屋の中は存外に片付いている。文机が壁際に置かれ、そこに商売道具の元結《もっとい》の束やら鬢付けの入った容れ物やら大小の櫛などが小間物屋の店先のように並べられていた。部屋の隅の衣桁《いこう》には伊三次の見慣れた鉄紺色の単衣が掛かっている。その傍に薄い蒲団が畳まれていた。土間の台所には申し訳程度の笊や土鍋が棚の上に並んでいた。

来るんじゃなかったという後悔が頭をもたげていた。廻り髪結いの男の生活がいかほどのものか、とっくに察しはついていたはずである。

「何してる、上がんな」

土間に突っ立ったままのお文に伊三次は言った。

「お邪魔いたします」

「へ、行儀がいいじゃねェか」

「ひと様の家に入る時ァ挨拶するもんだ」

「まあそうだが……こうっと火種を切らしちまった。これじゃ茶も飲めねェ」

「わっちは、おぶうはいらねェよ」

「おれが飲みてェのよ。喉が渇いてやり切れねェ、おっとそうだ、麦湯があった。ちょい待ちな」

伊三次は台所から麦湯の入った鉄瓶を下げてお文の前に置いた。湯呑を忘れてまた台所に戻る。

「ちったァ、落ち着きな。わっちは気ぜわしくてかなわねェ」

ようやく腰を下ろした伊三次は二つの湯呑に麦湯を注いだ。

「冷えていねェが……」

「気にしねェよ」

麦湯は生ぬるかったが、酔い醒ましにはなった。伊三次は立て続けに三杯も飲んだ。

「さっきの話は本当か？」

伊三次は手の甲で唇を拭って訊いた。

「はん？」

「旦那を持つって話よ」

お文が自棄《やけ》になって言った言葉を気にしているらしい。

「おれと切れてェのか？」

黙っているお文に伊三次は畳み掛けた。

「さあてね……」

お文は、はぐらかす。

「おれは甲斐性なしだからな」

「わっちはいつまでもこんな間柄は嫌やだと言っているだけだ」

「と言って、おれのこんな塒にお前ェがやって来られる訳もねェだろ」

「……」

「へへ、図星を指されてぐうの音も出ねェ」

伊三次は照れ笑いにごまかした。お文はそんな伊三次を睨《ね》めつけた。

「お前ェは不破の旦那と好きな捕り物してりゃいいんだろ。先のことなど露ほども考えちゃいねェ。わっちがどうなろうと知ったことでもあるまい」

そう吐き捨てた拍子にお文の頰が派手な音を立てた。お文は後ろにのけぞった。

「何するんだ！」

「誰が好きで捕り物するか、考えてものを言いやがれ、この引き摺り女《あま》！」

あわや修羅場になろうとした時、薄い壁の向こう側がドンドンと音を立てた。

「うるさいの、寝られもしない。静かにしておくれ」

隣家の女房の声だった。二人は互いに相手を睨みつけながら黙った。興奮がお文の吐く息を荒くしていた。

「もちっと辛抱できねェかい？」

先に口を開いたのは伊三次だった。お文の目線を避けて文机の方を向いている。

「待てということか」

「ああ」

「いつまで？」

「せめてここを出て表店の一軒家を見つけるまで」

「当てはあるのか？」

「何んとかかな。だが、それまで待てねェと言うならおれァお手上げだ」

「床《とこ》を構えるつもりか？」

「それも考えている」

「床を構えたら捕り物はできねェだろ？」

「いや、不破の旦那の頭ァ任せられてる内、足は洗えねェだろうな」

「何んだ、馬鹿馬鹿しい」

「お前ェはそんなにおれが裏の仕事をするのが気に入らねェか？」

「ああ嫌やだね」

「そうか……」

伊三次の言葉に溜め息が混じった。本当は伊三次が何をしようと一向にお文は構わないのだ。不破の言いなりになってるのが癪に障るだけなのだ。

「そいじゃ、やめてやらァ」

伊三次はあっさり言った。まさかとお文は怪訝な顔をした。

「さほど銭にならねェことでお前ェにそむかれる方がおれはたまらねェ」

「だって……」

「もういい。もう話は終わった。ささ、早く寝ちまおう。ぐずぐずしていたらまた隣りの嬶《かか》ァにどやされる」

伊三次は湯呑を片づけると薄い蒲団をはらりと敷いて着物を脱いだ。下帯一つの裸になるとするりと蒲団に滑り込んだ。

「こう、お文」

上掛けを引き上げて伊三次はお文を誘った。お文は割り切れない気持ちだったが、伊三次に言われるままに帯を解き始めていた。

五

お座敷が終わって、お文が二人の妹芸者と一緒に宝来屋を出たのは亥《い》の刻《こく》（午後十時）を過ぎたあたりだった。仕事を終えた解放感で三人は着物の裾をまくり、紅い蹴出《けだ》しを臆面もなく晒《さら》して夜風に吹かれていた。その風も心なしか秋の匂いがした。門前仲町を西に向かって一の鳥居の所から左に折れると蛤町になる。そこまでのそぞろ歩きがお文の一番好きな時間である。ぽん太と鶴吉の二人は何がおかしいのか、ケラケラとしきりに笑い声を立てていた。

深川八幡の一の鳥居の手前には切見世《きりみせ》（最下級の遊女屋）が軒を連ねる表櫓《おもてやぐら》と裏櫓《うらやぐら》がある。茶屋の引け刻《どき》は切見世のかきいれでもある。昼とさほど変わらぬ賑わいがあったと言っても人通りは大半が男ばかりだ。色と欲とが銭で取り引きされるのだ。

狭い小路から痩せた若い男が出て来たところでぽん太と眼が合った。

「こら平助、何してやがる」

ぽん太は男に毒づいた。

「見ての通りよ。遊び帰りの男に何してやがるたァ、野暮なことを言う」

男は声変わりしたてのような声で応えた。

背丈は高いが顔の表情にはまだ幼さも窺《うかが》える。お文はその男の、筆のように細くした髷を酔狂に斜めに寄せている髪型には憶えがあった。

おすみを佐賀町で見かけた時、後ろをついていた男はそんな頭をしていた。

「どこの兄ちゃんだえ？」

お文はぽん太に訊いた。ぽん太は丸い梟《ふくろう》のような眼を二、三度しばたたいて「鈴本の追い回し（板前の見習い）だ」と言った。

「へん、鈴本なんざ、とっくに辞めちまったよ。あくせく追い回しなんざやってられるかい」男は肩をいからせて言った。

「兄ちゃん、やけに鼻息が荒いようだ。その様子じゃ懐具合もよさそうと見たよ。うまい商売に鞍替えしたのかえ？」

お文は威勢のいい男にさり気なく訊いた。

「おうよ。はばかりながら、おいらの後ろにはでかい大店が控えていらァな」

「そいつは豪気な話だ。一つ、わっち等も兄ちゃんにあやかりてェものだ、なあ、ぽん太、鶴吉」

「あい、姉さん」

鶴吉は愛らしい笑顔で相槌を打った。鶴吉は二十歳になるが十五、六にしか見えない。いったいに深川芸者は幾つになっても眉も落とさず歯も染めず、振袖を着て生娘ふうを装う者が多かった。

「生憎《あいにく》だがそれはできねェ相談だな」

平助と呼ばれた男は皮肉な笑みを浮かべて応えた。

「おや、そりゃまたどうして？」

「おいらの金づるは姐さん達にはおこぼれが行くような人ではねェの」

「この深川じゃ銭を遣ってくれねェ客なのか、阿呆らしいの」

ぽん太は褄《つま》を引き上げて欠伸をしながら言った。

「そういうことだ。どれ、おいらは飲み直すとしようか……」

お文の胸がツンと堅くなっていた。とっくに鳬《けり》のついたことが思い出された。

「兄ちゃんの金づるは女なのか？」
二、三歩足を踏み出した男にお文は訊いた。
ぎょっとお文を見た。「何んだと？」

「何んだと言うことがあるか、わっち等に銭を遣えねェ客とは女に決まっているじゃねェか」

「ふん、馬鹿馬鹿しい。すんならおいらは行くぜ」

男はお文の質問には応えなかった。明らかに慌てているふしがあった。お文は男の二の腕をぐいっと摑んだ。

「魚花のお内儀か？」

「うるせェ、放しやがれ！」

男は乱暴にお文の手を振り払った。

「そうかえ、魚花の亭主を川に突き落として殺したのは手前ェか」

胸の動悸が激しかった。しかし、お文は努めて平静を装いながらしっかりと言い放った。

男の右手が懐に入った。匕首《あいくち》でも出す気であろうか。

「ぽん太、自身番に駆け込みな。魚花を殺した下手人が見つかったってな」

自身番は表櫓と門前仲町の間にある。そこから一町と離れていない。ぽん太は「あいよ」と駆け出した。男は「くそッ」と捨て台詞を残して足早に鳥居の向こうへ去って行った。

「あれ姉さん、逃げちまったよ」

鶴吉が呑気な声で言った。度胸があるのか、そうでないのか見当のつかない娘である。

「いいんだよ。じきに捕まる」

自身番の番太郎と土地の岡っ引きの増蔵がやって来た時、お文は初めて腰が抜け、身体の震えをどうすることも出来なかった。

六

茅場町の大番屋におすみがしょっ引かれたのは翌日の夕方だった。おすみは大番屋に着くまでは殊勝にしていたが、そこにお文の姿を認めると「この恩知らず！」と激しくお文を罵った。お文はおすみの詮議について不破から呼び出されたのだ。おすみはお文との約束を果たしてくれた。伊勢屋にも宝来屋にも後腐れのないようにきっちり話をつけてくれたのだ。だからお文が自分を下手人に仕立てたと知るや恩知らず、と罵ったのも無理はない。

平助はあれからほどなく捕まった。岡っ引きの増蔵は深川の地理を熟知していた。小路の一つとして知らない所はない。平助の隠れ場所など当たりをつけるのは訳もなかった。

平助はお縄になるとおすみのことはあっさりと白状した。平助は鈴本に前借りが嵩んでいた。遊びで拵えたものだろう。おすみが鈴本に芳蔵のツケを支払いに行った時、平助に謎を掛けるとすぐに乗って来たのだ。平助は日本橋の舟着場で芳蔵を待ち伏せして、腹に当て身を喰わせると川に突き落とした。芳蔵は泳げない。浮かび上がって来たら助けるふりをして再び川に沈めてやろうと思っていたが、芳蔵は酒が入っていたためか「うッ」と呻いたきり動かなくなったそうだ。突然のことに芳蔵の心の臓が先にやられたらしい。

大番屋に伊三次の姿はなかった。お文はひどく心細かった。おすみの剣幕に圧倒されて、何も見なかった、何も聞かなかったと言いそうな気がした。おすみはお文に怒りをぶつけた後は袖で顔を覆って泣き出した。不破は何も言わない。番屋の床几《しょうぎ》に腰を下ろして呑気に茶を啜っている。書役の男は黙って筆を走らせているだけだ。岡っ引きの増蔵もおすみを黙って眺めている。大番屋は自身番よりもはるかに広い。土間には真新しい莚《むしろ》が敷かれ、おすみはそこに座らされていた。お文は下駄を預けられた気がした。お文は座っていた床几から立ち上がり、おすみの横にそっと腰を下ろした。

「姉さん、訳を話しちゃくれませんか？　どうして兄さんを殺す気になったのか。姉さんは兄さんと相惚れで一緒になった。わっちはその経緯をようく知っている。姉さんは一生懸命働いた。だから魚花は身代を太らせた、そうでしょう？　兄さんが茶屋で遊んだところで、風流に走ったところで商売に差し障りがあるとは思えない。そんなことで文句を言う姉さんでもない。解せねェのは今頃になって、どうして兄さんと姉さんがお互いを憎み合うようになったのか、どうして姉さんは兄さんを殺したくなったのか、そこなんだが……正直に答えちゃくれないだろうか」

「正直に？」

おすみは顔を上げてお文を見た。

「お文、正直っていいことかえ？」

「もちろん」

「本当にそうかえ？」

「姉さん、何が言いたい？」

「ようくお聞き。この世じゃ正直が通らないこともあるんだ」

おすみはお文を見据えてそう言った。その時、戸障子の外で「髪結いの伊三次です」と声がして増蔵は戸を開けた。伊三次が台箱を持って中に入り「遅くなりやした」と不破に頭を下げた。おすみはお文と伊三次の顔を交互に見つめて「そうかい、伊三さんは八丁堀の御用もしているお人だったのかい」と言った。それなら敵娼《あいかた》のお文が自分を番屋に突き出すのも道理だと、ようやく観念した様子が見えた。

「お文は堅気の暮しがしたいのだろう？」

「ええ……」

「あたしもそうだった。芳蔵の真面目に働くところに惚れたんだ。芳蔵はあたしと所帯を持つことを初めはためらっていたさ。芸者に魚屋の嬶ァがつとまる訳がないと思っていたんだよ。押し切ったのはあたしだった。だから偉そうに聞こえるかも知れないが、あたしは本当に働いたよ。お前だって伊三さんと一緒になったらそうするだろう」

「……」

「伊三さんとお文が一緒になったとする。伊三さんはいつまでも廻り髪結いばかりしていられない。どこかに床を構える。それは伊三さんの望みだろうし、お文の望みでもあるだろうよ」

伊三次はおすみの言葉に照れ臭そうに頭を掻いた。不破がふっと笑った。

「伊三さんは腕がいいからきっと客は付く。案外、客はお文を目当てに通って来るかも知れない。床屋の女房がもとは辰巳芸者だったという触れ込みは評判にもなろうさ。お文は客に茶を出したり、世間話をして愛想をする。客はきっといい気分になって二度三度と通う。間口一間の店が二間にもなろうというものだ。だが、客はいい奴ばかりとは限らない。お文に変に岡惚れして来る者だっている。お文が買物に歩けば、後をつけて気味が悪いったらありゃしない。だけどそれを亭主に話したところで気にするな、で済んでしまう。ところがお文はそれでは済まない。ある時、堪忍袋の緒を切らして派手な啖呵も切るだろうさ。痩せても枯れても辰巳芸者だったからねえ。大抵はそれで一件落着するものだ。ところがそいつが人ではなく獣《けだもの》だったらどうだろう。辰巳芸者の啖呵は獣には通じない。逆恨みの種を拵えただけだ……」

おすみはお文の話に仕立てながら自分の話をしているのだった。その獣とは魚花の近所の裏店で仕官を待っている浪人だった。年の頃三十ほどで妻も子もなかった。浪人は普段は内職をして日銭を稼いでいる男だが、時々は町道場に通って、剣術の腕を磨いていた。

おすみの啖呵で浪人の淡い恋心は無残にふみにじられ、武士の誇りをきずつけられた恨みが残った。ひそかに報復の機会を狙っていたのだ。

おすみは小網町に用事で出かけた帰り、その浪人に待ち伏せされた。小網町の武家屋敷の辺りは人通りも少なく陽があっても気持ちのよい場所ではない。家路を急いでいたおすみは近道であるその場所をつい通ってしまったのだ。浪人はおすみに襲いかかり、おすみは手ごめにされてしまった。

芳蔵は帰って来たおすみのただならない様子に驚き、仔細を訊ねた。おすみは泣きながら事情を話した。なぐさめの言葉がほしかった。芳蔵に優しく抱き締めてもらいたかった。

だが、芳蔵の表情には、これまでおすみが見たこともないほど冷ややかなものが刻まれただけだった。浪人はほどなく裏店からいなくなった。

「それからだよ、うちの人があたしに触れなくなったのは……」

「話しちまったんですか」

お文の声に吐息が混じった。

「お前ならどうする？」

「わっちなら折檻されても喋らない」

「あたしが間違っていたと言うのかえ？　あたしは正直に話しただけだ」

「それは違う。もちろん一番悪いのはその浪人だ。だが事が事だ。兄さんに慰めて貰おうなんざ甘い考えだ。姉さんはもう芸者じゃない、堅気のお内儀だ。昔は色が絡んだお座敷もあっただろうが、それとこれとは別だ。夫婦だから何んでも喋っていいというものでもねェ。むしろ喋らないことが兄さんに対する思いやりだ。姉さんは自分の重荷を兄さんに背負わせただけだ。むごい話だ、正直が聞いて呆れる」

「お黙り。あたしは芳蔵が鶴吉という芸者の世話がしたいと言ったから頭に血が昇ったんだ。子供がもう一人欲しいからと理屈をつけてね。ふん、あたしの子供はいらないそうだ」

「え？」

お文は言葉を失っていた。鶴吉の愛らしい顔が頭の中をくるくる回った。

「そこまでだ、文吉。てェした詮議だった」

不破友之進が立ち上がって言った。

「旦那、わっちは何も……」

「お前ェでなけりゃ、おすみは仔細を喋らなかっただろう。おすみ、辛ェことをよく喋ってくれたな、礼を言うぜ」

不破はおすみの肩に手を置いて言った。おすみの肩は再び細かく震え出した。不破は増蔵に顎をしゃくった。大番屋の奥は下手人を収監する牢を備えている。増蔵はおすみをそこへ促した。「姉さん」、おすみに縋《すが》りつこうとしたお文を伊三次が止めた。牢の中におすみが入り、増蔵が鍵を掛ける重い響きが聞こえた時、お文の声は悲鳴になった。おすみは牢の格子に背を向けて、決して振り返ることはなかった。

七

小舟が大川に出ると水面は波立って少し揺れた。対岸の深川の町は灯りが星のように瞬《またた》いていた。その光も心なしか鈍く見えるのは東の空が幾分明るんでいるからだろう。川風がお文の後れ毛をなびかせた。

「嘘つき……」

お文が呟いた。

「え？」

「捕り物はやめると言ったくせに」

「おれは何もしちゃいねェ。捕り物をしたのはお前ェだ」

「……………」

舟着場で小舟を頼み、お文は蛤町に戻ろうとした。伊三次が一緒に乗り込んで来たのでお文は驚いた。

「いいのかい？」そう訊くと伊三次は「いいんだ」と言った。その日、別れ難いのはお文も伊三次も同じだった。

「わっちはつくづく女がわからなくなった」

「あのお内儀か？」

「いいや、鶴吉のことだ。魚花が旦那になる話は初耳だったが、魚花が死んだ時はさほど悲しむ様子もなかった。情というものを知らねェ。まったく近頃の娘と来たら……」

「お前ェもそんな愚痴をこぼすようになったか、年だの」

「ふん」

舟が油堀に入ろうとした時、東の空は急に赤みを増し、眼の眩むような光が二人を包んだ。日の出だ。鳥の羽ばたく音が驚くほど近くで聞こえる。地上ではいかに人間の悪業が重ねられようとも、永劫の光は暁ごとに空を満たして、その罪科を浄《きよ》めるというのか。

「いいよ」

お文がぽつりと呟いた。

「何がよ」

「お前ェが捕り物を続けてもわっちは構わねェ」

お文がそう言うと伊三次は喉の奥でうくッと笑った。真綿を細くちぎったような頭上の雲は陽光で輪郭を紫色に染めていた。その雲の色は、お文にとってこの世でいっとう尊い色に思えてならなかった。

赤い闇

一

比丘尼《びくに》橋から京橋に向かって流れる川は白魚橋を過ぎてから八丁堀と呼ばれる。川は本湊町の稲荷橋からそのまま大川にそそいでいる。八丁堀はそれ自体、何んの変哲もない一つの堀割に過ぎない。しかし、その地名が江戸の人々に特別な響きで伝わるのは、近辺に町方役人の大半が居住しているせいだろう。

地図で見ると、この辺りに「町御組」と記された所が多い。町御組は言わずと知れた町奉行所の与力・同心の組屋敷のことである。江戸の人々は「八丁堀の旦那」という呼称で彼らに親しみを、時には皮肉を表していた。

北町奉行所の定廻り同心、不破友之進の組屋敷もいわゆる八丁堀にあったが、そこは亀島町と呼ばれる地域で、亀島町はどちらかと言うと八丁堀の裏手、茅場町寄りになる。が、不破友之進も当然ながら「八丁堀の旦那」の呼称を賜っていることに変わりはなかった。

ぞんざいな物言いをする不破は職人気質の男達やその女房達には親しまれていた。父の角太夫《かくだゆう》を知っている人間なら尚更であった。

角太夫もまた町人世界に隔たりなく接して来た同心であったからだ。まさに「八丁堀の旦那」の呼称は不破のような男のためにあるものなのかも知れない。

と言って、町奉行所の役人は不破のような人間ばかりとはもちろん限らない。中には旦那と呼び掛けることすら憚られる役人もいた。

不破の隣人の村雨弥十郎のように。

村雨弥十郎は不破と同じ北町奉行所の役人で例繰方《れいくりかた》の同心を務めていた。例繰方は捕らえた下手人の状況に応じて断罪の擬案を行い、前例の御仕置・裁許帖に照らし合わせて書類を作成し奉行所に提出する役回りである。町奉行はそれを見て裁判の決裁をするのである。

村雨は定廻りの不破と違い、表に出かける仕事は少なかった。村雨は例繰方の他に物《もの》書《かき》同心としての役目もあり、彼の一日は実に書き物と調べ物で明け、暮れた。しかし、村雨は傍《はた》からは自分の仕事に至極満足しているように見えた。自他共に認める能筆家であったので字を書く仕事が与えられていることに不満はなかったのだろう。酒は付き合い程度しか嗜まず、煙草も喫《す》わない男だった。さして趣味があるようにも見えない村雨は仕事が趣味とも言えるのかも知れない。だから村雨の奉行所での一日は、忙しければ忙しいなりに、暇な時は暇ななりに充実しているように不破には見えた。

俗に背中に皹《ひび》を切らして江戸の町を歩き回ると言われる定廻り同心の不破は、そんな村雨を皮肉でもなく倖せな男に思っていた。

不破は子供の頃から村雨を知っていたが親しく遊んだという記憶はなかった。年も村雨の方が三つ四つ上だったせいもあろう。何より不破は竹刀を友とし、村雨は筆を友として来た資質の違いがその理由でもあったろうか。

今でも隣り同士であるから顔が合えば挨拶はするが、それ以上に親しく言葉を交わすことはない。と言って、仲が悪いというのでもなかった。

村雨の家では両親が健在なせいか季節ごとの行事にまことに律儀であった。盆・正月の仕来りは言うに及ばず、衣替えも何月何日に綿入れを脱いで袷《あわせ》にするだの、単衣にする日だのと決めてその通りにしているし、その他にも蚊帳を出す日だの、炬燵を出す日だの、炉を開く日だのが決められているようだった。

節句の菓子作りなどもまめで、不破の所にも春になれば柏餅、秋には亥の子餅だのが届けられる。普段は吝嗇《りんしょく》な暮しぶりをしていても、そういうものには金を惜しまない家風らしかった。村雨家の紋がついた黒塗りの重箱に入った柏餅や亥の子餅が届けられる度、不破の妻のいなみは柏餅の葉や亥の子餅に使う赤小豆をどこからか調達して来る村雨の妻の腕に感嘆の声を上げた。

村雨が奉行所に出仕する時刻は判で捺《お》したように決まっている。同心の出仕は五つ（午前八時頃）までとなっていたが村雨はその半刻前には奉行所の例繰方の詰所に着いていて所定の机で書類を開いていた。まことに村雨は規矩《きく》の男であった。

村雨が不破の家の玄関前を通り過ぎるのを時計がわりにいなみは不破をせき立てる。

「あなた、村雨様がおいでになりますよ。お急ぎなされませ」

不破は村雨の姿を確認しなくても衣紋掛けを差し込んだようないかり肩の村雨の恰好が想像できた。その度に滑稽な気分にもなった。

村雨の性格や行動に滑稽を感じる理由はないのに、である。かなり痩せているが村雨の姿勢は正しい。実に正しい。正し過ぎて時に不破はその崩れた姿が見たくなる。要するに不破は美徳のある人間をからかってみたいという多少、性悪な気持ちを村雨に抱いていたのだ。だが村雨はそんな不破の心の内を知っているかのように奉行所でも組屋敷内でも不破をさり気なく避けている様子があった。どうやら村雨は父親から不破のたわけ息子とは懇意にしてくれるなと釘を刺されているようなのだ。不破の若い頃の芳しくない行状に村雨の父親の源五衛門は息子の将来に不破が為にならない男だと踏んだらしい。それは不破の不徳の致すところで異を唱える余地もないのだが、不破自身は隣人の村雨とはもう少し親しくなっても悪くはないと思っていた。

柏餅や亥の子餅を貰うだけではしようがない。

その村雨から内々に話があると囁かれた時は心底驚いた。奉行所内の廊下で不破が見廻りから戻るのを待って、自分は厠にでも立つふりをして不破に近づき、擦れ違いざまに小声で囁いたのだ。例繰方の詰所は奉行所の玄関から入ってすぐの所にあった。不破が戻って来るのを確かめるのに都合はいい。

それでなくても大音声の不破のこと、戻りはおのずと知れた。

「友之進殿」

村雨は注意深い眼を辺りに向けながら、こもった声で言った。不破殿と呼び掛けなかったのは、ことさら親しさを表したかったのだろう。不破は突然のことに内心驚いていたが村雨の分別臭い顔を見下ろして「いかが致した、弥十郎殿」とこれも名前で柔かく訊ねた。六尺に手が届こうという不破に比べて村雨は頭一つも小さい。調べ物で充血気味の眼が落ち着きなく動いていた。

「折り入って相談がござる。これから家に戻り、お手前の所に伺いたいと思うのだが、ご都合はいかがであろうかの？」

「それは構わぬが、何かのっぴきならぬご事情でもおありか？　顔色がずい分すぐれぬ」

不破は村雨の土色の顔を見てそう訊《き》いた。

もともと色黒の男であったが寝不足のためか、その顔はいつもよりいっそう黒ずんで見えた。瘦せて骨ばった顔に眉毛だけが猛々しい。眉間のところでその眉毛が繋《つな》がっているように見える。髭も濃い。湯屋に一緒に行ったのは、はるか子供の頃のことで、最近はそんな機会もなかった。村雨は大人になって毛深い男になったようだ。不破も毛深い質《たち》だが村雨には及ばない。衣服をひん剝《む》いて毛臑やら胸毛やらをぞりぞり触ってやったらおもしろかろうと不謹慎なことを不破はふと思っていた。

「助けて下され、友之進殿。弥十郎、一生の頼みでござる」

村雨はいささか芝居がかった台詞で不破の羽織の袖をツッと引いた。不破はニヤリとする気持ちになった。実におもしろい、何事ぞ。

村雨の表情は今にも泣き出しそうだった。

その切羽詰まった顔が不破の中で笑いの核になりそうな気配がした。不破はそれを堪《こら》えるため臍《へそ》に力を込めた。

「あい、わかった。では後ほど。お待ち申しております」

不破は極めて慇懃《いんぎん》に言い放っていた。

二

不破が同僚との打ち合わせを終えて帰宅すると、村雨はすでに客間で待っていた。納戸色の単衣の普段着に博多の細帯を締めただけの村雨は商家の手代か番頭のような印象がした。紋付以外の村雨を見たのも不破は久しぶりのような気がした。

不破は着替えを手伝いに来たいなみに酒の用意を言いつけると、客間ではなく自分の寝所を兼ねる書物部屋の方に村雨を促した。不破も父親から譲られた鉄紺色の単衣に着替えていた。汗かきの不破は浴衣にしたいところだったが村雨の手前遠慮した。

書物部屋は客間の隣りにあり、客間と同じように開け放した障子の向こうにさほど広くない庭が見渡せる。下男の作蔵がまめに草取りをするので庭はいつも整然として気持ちがよかった。視線を斜めに向ければ村雨の家の庭も見えた。不破の家の庭、村雨の家の庭と言ったところで境を生け垣で仕切っているだけの同じ地所である。

「ここにお邪魔するのは何年ぶりであろうか」

村雨は感慨深い様子で言った。

「そんなになりますかの？」

不破は煙草盆を引き寄せ、煙管に刻みを詰めながら訊いた。

「何も彼も変わってはおらぬ。その文机も違い棚も、襖の張り交ぜ（書画を混ぜて張ること）の中にある『生死《しょうじ》事《じ》大《だい》無常《むじょう》迅速《じんそく》』の文字も……そこに座っておられるのがお父上ではなく友之進殿であるだけの違いです。私が以前にお邪魔したのは、確か妹のよし乃殿の祝言が決まったとかで組屋敷の連中が集まり、大いに馳走になった時でしょうかの」

「ふん、そんなこともあったかも知れぬ」

不破は感傷に浸りたがる村雨に対し、格別興味のない様子で相槌を打った。不破の妹のよし乃は北町奉行所の与力の家に嫁いでいた。

立場上、義弟が不破の上司になる恰好であった。

「あの時の煮しめはよい味でござった」

不破は煙管を喫い付けた拍子にむせた。妙なことを憶えている男だと思った。

「あれからほどなくお父上が病で倒れられ、母上殿もお父上の後を追うように半年後に亡くなられた。お二人には弥十郎、ずい分と可愛がっていただいたものです」

不破の両親は村雨のところと違って鬼籍に入って久しい。もう少し長生きしてほしかったと思う一方、村雨の達者な両親のように息子の行動にいつまでもあれこれと口を挟むのも鬱陶しいものだろうと思う。村雨の母親のお百《ひゃく》などは三十半ばの息子に子供の頃と同じ調子で小言を言うのは奉行所でも評判だった。村雨はそれに口答えもせずに、はいはいと聞いているそうだ。不破はやり切れない気がしていた。

「何かの、弥十郎殿は日記などもつけておられるのかの、やけに昔のことを憶えておられる」

「はい。日記は見習いで出仕した頃より欠かさずつけております」

「それは感心。弥十郎殿のように字もうまければそれも楽しみでござろうが、拙者のように金釘流ではとんと……」

「いやいや、友之進殿もいい字をお書きになる。右上がりの癖はそれはそれで味わいがござる」

不破はぷッと噴いていた。慌てて灰落しに煙管を打ちつけて煙草を終いにした。下手な字を味わいがあるとはよく言ったものである。いなみと女中のおたつが膳を運んで座敷に現れると村雨は気の毒なほど恐縮した。そのようなつもりは毛頭ない、すぐに失礼するのでお構い無用だとくどいほど言った。

「よろしいではないですか。このような機会は滅多にないこと。弥十郎殿とは近所のよしみで一度、酒など酌み交わしたいものだと考えておりました。のう、いなみ」

不破は妻の顔を振り返って言った。膳を置くには文机が邪魔になった。いなみはそれを後ろに押し遣りながら「どうぞご遠慮なさらずに。いつも村雨様の奥様より色々おいしい物をいただいておりますもの。お返しと言ってはお恥ずかしいのですが、このようなことでよろしければいつでもおいでなされませ」と愛想のいい微笑を浮かべてそう言った。

それで村雨の気持ちも少し和んだ様子で、不破の差し出した銚子におずおずと盃を取った。不破は勝手にやるから酌はいらないといなみを下がらせた。内々の話であるからその方が村雨にとっていいと思ったのだ。

村雨は「かたじけない」を連発した。いくら膝を崩せと勧めても村雨はそうしなかった。

彼にとって正座が一番、寛げる姿勢なのだろう。酒の肴は急なことでまともな用意もできなかったが、それでも酢の物と茄子の煮物、到来物の蒲鉾が膳にのっていた。村雨は蒲鉾をうまそうに食べてくれた。

「さて、弥十郎殿の話を伺いましょう。拙者に一生の頼みとはいささか穏やかではない」

不破は村雨の顔にほんのり赤みが差した頃にそう言って切り出した。不破の内心では銭の無心ではないかという思いもあった。村雨には養う家族が多い。子供も六人いた。一番末の息子は一年ほど前に生まれたばかりである。女、男、女、男、女、男と交互に順序正しく生まれているのが不破には不思議だった。

何か秘訣があるのかも知れなかった。訊いてみたいものだと思うが閨《ねや》のことを口にするほど村雨とは打ち解けていなかった。その時もやはり話題にはしなかった。

村雨は真顔になった不破に顔を上げた。村雨も真顔になっていた。

「友之進殿、私の話はくれぐれも他言無用に願いたい」

「むろん」

「もしもお奉行の耳にでも入ったら、私の家は間違いなく改易《かいえき》となりましょう」

村雨はそう言って唇を嚙み締めた。

それは銭の無心などではなかった。恐らく村雨はその事態にどのように対処すべきか悩み抜いて不破に相談を持ち掛けたのである。

自分に白羽の矢が立ったことに訝《いぶか》る気持ちはあったが、不破は黙って村雨の話を聞いた。

それは村雨の妻のゆきのことだった。ゆきは三十二の女盛りで太りじし、の女である。お世辞にも美形とは言い難いが、その名の通り雪のように白い肌をしていた。性格はおとなしく、よく働き、村雨の両親にも孝養を尽くすと近所の評判は高かった。衣服も質素で吝嗇な村雨家の嫁として、まことにふさわしい女性であると不破は思っていた。

しかし、ただ一つ、ゆきにはどうしようもない癖があった。それは火事見物であるという。

ジャン、と半鐘が鳴ると真夜中だろうが何んだろうがゆきは家を飛び出して火事場に向かう。その時の行動の素早さは村雨の言葉を借りれば、まるで疾風《はやて》のよう、だそうだ。

十六貫はありそうなゆきが疾風のように走るとはどのような図であるのだろうか。不破はひとしきり感心して「ほう！」と妙に甲高い声を上げていた。近間だったら仕方もないがゆきは平気で遠出をした。何度注意しても一向に改まらない。今では家族もほとほと諦めてしまっている。火事のためならいっそもう、の口なのである。村雨が「いっそもう」と言ったのが不破にはおかしかった。その台詞は女形の芝居役者瀬川菊之丞、通称路考《ろこう》に向けて贔屓の女達が夢見ごこちに言うものだった。

――路考が出るならいっそもう、路考のためならいっそもう……

いっそもう、どうしようというのだろう。

「そうですか。ゆき殿はそんなに火事見物がお好きでしたか……いや、火事場では時々お見掛けしたことはござるがそれほどとは思っておりませんでした」

不破は銚子を差し出しながら言った。村雨はかたじけないと盃を受けた。存外に酒は強いと不破は見た。酒はそれほど嗜まないと奉行所の同僚に話していたのは余計な付き合いを断る口実だったのだろう。

「見物だけなら私も多少、外聞は悪いが目を瞑《つむ》ります。あれは贅沢をする女でもないし、それが唯一の楽しみ……いや、こう申しては火事に遭われた方々に無礼であろうが」

「ここだけの話であります故、お気遣いなく」

「はあ、そんな訳でござった。ところが多聞が生まれたあたりから様子がおかしくなりました」

多聞とは末っ子の息子の名前だった。いつの間にか日も暮れて、いなみは蚊遣りを持って座敷に現れた。村雨は口に出かかった言葉を呑み込んだ。

秋口に入っているとは言え、まだまだ残暑は厳しく、肌を刺す蚊も減る様子がなかった。

縁側の軒下に蚊柱が立っていた。不破は立ち上がり障子を閉めた。いなみが行灯に火を入れると村雨の顔がつかの間、ぽっと浮かび上がったように不破には見えた。小さく凡庸な町方役人の顔だった。くっきりとしたふた皮眼に思わぬほど睫毛が長い。

「御酒《ごしゅ》はいかがです？」

いなみが訊いた。もう二本、いや三本と言った不破に村雨は低く頭を下げた。重ね重ねかたじけない、と。

「龍之介はどうしておる？」

不破は一人息子のことを妻に訊ねた。今年十歳になる龍之介は腕白盛りであった。

「作蔵に虫籠を拵えてもらっています。鈴虫を飼うのだそうです」

「素読もせずに子供じみたことを」

不破が苦々しい表情になると、いなみは「龍之介はまだ子供です。よろしいではないですか」と不破をいなした。村雨がふっと笑った。不破の座敷で見せた初めての笑顔だった。

乱杭歯は少し黄ばんでいるが邪気のない笑顔だった。

「龍之介君は友之進殿の子供の頃とそっくりでございますな。元気がよく、剣術もお強そうで実に頼もしい」

「なに、遊んでばかりでさっぱりでござる。それよりも弥十郎殿のお子達はお父上譲りで大層手習いの腕が評判だと聞いております」

「いやいや、うちの子供達は引っ込み思案の連中ばかりで困ります。もう少し元気がよければよいと思っております」

いなみがいる間は二人は差し障りのない話題に切り換えていた。盆に銚子をのせて運んで来たいなみは「ごゆるりと」と言い添えて台所に下がった。すぐに不破は膝を進めて「ゆき殿の様子がおかしいとはどのような？」と畳み掛けた。

「はあ……」

村雨は言い難そうに口ごもった。不破はすでに事件絡みの一つの輪郭を頭に描いていた。

近頃、付け火とおぼしい火事が月に三件ほど発生していた。江戸の火事の大半は付け火が原因と言っても過言ではない。過去の大火なども風の強い日に心ない者が付け火をしたために起こっていた。しかし、不破が考えていたのはそのような大それた火事のことではなかった。人の住んでいない掘っ立て小屋や建て替え寸前の裏店など、持ち主にさして影響のない類のものが焼けていた。出火も陽のある内に起きているので発見が早く大事には至っていない。しかし、火事は火事である。下手人は見つかっていない。それが村雨の妻と関係があるのかどうか、不破は緊張して村雨の次の言葉を待った。

「ゆきはやたら庭でたき火をするようになったのです。私は書き物をしますので反故紙《ほご》も多く出ます。以前なら屑屋を呼んで処分しておったのですが、父が屑屋の人相が悪いから家に入れるなと言ってから、ゆきはそれを燃やすようになったのです。するとそれがおもしろいらしく次々と燃やす始末。私はたき火をしているあれの顔を見るのが嫌やなのです。何かこう、うっとりと熱に浮かされているような」

不破はううむと唸った。頭の中では放火の下手人、火炙り、改易という文字が躍っていた。恐ろしい想像だった。

「弥十郎殿、おぬし、それも日記に書きつけておるのかの？」

不破は気になって訊ねた。

「とんでもない」

村雨は強くかぶりを振った。「そのようなこと、とても書きつける気になりません。ただ、起きた火事のことは書いておりますが……」

「そ、それは賢明というもの。万一、あらぬ疑いを掛けられた時、その日記が妙な役目を果たしても困りますからな」

不破はひとまず胸を撫で下ろした。だが村雨は「友之進殿、あらぬ疑いとお思いか？」と不破に詰め寄った。

「な、何？」

「それ、先月の荒れ寺の火事でござる。ゆきはもちろん見物に出かけました。あれは……」

「愛宕下でありましたな」

「そ、そうです。私はゆきに火事の様子を訊ねました。何んと言ったとお思いか、友之進殿」

「はて」

「あのような見苦しい荒れ寺など焼けてさっぱり致しましたとほざいたのです」

「……」

「あの火事はもしやゆきの仕業ではなかろうかと私は疑いました。面と向かって訊ねることはもちろんできませんでしたが。すると火事が出る度に恐ろしくて恐ろしくて生きた心地もありませぬ」

「弥十郎殿、落ち着きなされ。火事見物やたき火が好きというだけでゆき殿が付け火の下手人と考えるのは早計というもの。確かな証拠がない内は」

「ですから私はあれの様子を探ってそのようなことがないかどうかを確かめたいのです。しかし何しろ私は一日中、役所に詰めている身で、それがままなりませぬ。そこで一つ、友之進殿、あれのことをお調べ願えないものだろうか。この通り、お頼み申します」

村雨は両手をついて深々と頭を下げた。不破に調べさせて「弥十郎殿、おぬしの思い過ごしでありましたぞ」という言葉が村雨はほしいのだ。家族を、まして自分の妻を誰でも下手人とは思わない、思いたくない。不破の思いは複雑だった。不破は万一のことを先に考えていた。もしもゆきが付け火の下手人である証拠を摑んだ時、いったいどうしたらよいのだろう。途方に暮れる思いだった。内々に握り潰す自信がなかった。かと言って事が事だけに他の人間に委ねることもできない。隠密廻りの同心の顔をふと頭に浮かべたが不破はそれをすぐに振り消した。彼らは初めからゆきを下手人と見て行動を起こすだろう。そして確かな証拠がなくても幾つかの状況を重ねて、疑わしい人物と確信したら最後、ゆきは下手人として仕立てられる可能性は強かった。まして火付盗賊改方の耳にでも聞こえようものなら、その執拗な仕置で、か弱い女などは白を黒にも言いくるめられてしまうだろう。それは断じて避けねばならない。不破は腕組みして考え込んだ。居心地の悪い沈黙がしばらく続いた。

不破はふと、最初に感じた疑問を思い出して口を開いた。

「弥十郎殿、しかし何故おぬしは拙者にそのような重大な話をされたのかの？　おぬしに力を貸してくれそうな人間は他にもおられると思うのだが……拙者はそこのところがどうにも解せませぬ。近所のよしみということでもあるまい」

不破がそう言うと村雨は顔を上げ、泣き笑いのような表情になった。

「友之進殿は私にとって唯一信用の置ける方だからです」

不破はくすぐったかった。悪口なら散々言われても屁とも思わないが褒め言葉には慣れていなかった。

「それはどうかの」

「友之進殿、私が見習いで出仕するようになって間もなくの頃、私が母の使いでこの家に、ぼた餅だか草餅だかを届けに来たことを憶えておりませぬか」

「さて一向に。戴き物はおぬしの所より昔から頻繁にありました故、特に憶えておりませぬ」

「いや、友之進殿はまだ前髪の少年で、剣術の稽古から戻ったばかりでひどく腹を空かせておった。それでそれを三つばかり立て続けに頬張り、喉を詰まらせて……」

「おお、思い出した。ぼた餅だ。おぬしの所のは、やけにでかくての」

不破は思わず掌《て》を打った。

「母上殿が慌てて台所に水を取りに行かれ、私は友之進殿の背中をおさすり致した」

「あの時はお世話になりました」

不破はペコリと頭を下げた。

「いやいや。昔の嫌やなことを思い出させて……その時なのです。友之進殿の背中をさすりながら、ふと私の目に洒落本が留まったのです。どなたのものなのかわかりませんでしたが、その洒落本は部屋の隅に無造作に放り出されておりました。私はちょうど遊《ゆう》里《り》に興味を覚える年頃。しかし、我が家ではそのような本は禁止でございました。それで私はその本をつい……」

くすねてしまったというのだろう。おおかた、その頃同居していた叔父が読み散らしたものだったのだろう。

「友之進殿はそれを知っていたでしょうな」

村雨は上目遣いで不破を見て言った。不破は何んと応えていいものかと思った。埒もないことである。別に気にも留めていなかった。

それなのに村雨は二十年以上も前のことを気に病んでいたのである。そんな村雨の小心を笑うよりむしろ気の毒に思った。不破の前でおどおどしていたのはそのことが原因であったのだろう。

「私はいつ悪事が露見するかとびくびくしておったのです。しかし友之進殿は告げ口されなかった。私の体面を考えてくれたものと」

「そのような大層な理屈ではござらん。洒落本・黄表紙の一冊や二冊、拙者にはどうということもなかったからです」

「しかし、私は内心ほっとしておりました。そしてその時から友之進殿には一目置くようになりました。その通り、友之進殿は定廻りとしては一、二に数えられるお役人になった。その腕は北町では揺るぎないものです。たとえわが父が何を申そうとも私は友之進殿を買っております」

「これはこれは……」

「友之進殿、力になって下され」

これだけ信頼されては不破も嫌やだとは言えなかった。不破は村雨の眼をまっすぐに見つめて「あい、わかった。お引き受け致す」ときっぱりと言った。村雨の端正な姿勢はその拍子にへなへなと崩れたように見えた。

三

いつもの朝が来ていた。不破は女中のおたつが雨戸を外す音で目覚めた。頭が重かった。昨夜はそれほど飲んでいないはずだが、と銚子の数を頭の中で繰《く》って不破は顔をしかめた。結構な数になっていた。雨戸が外されると障子越しに朝の光が差し込んで来た。

同時にややひんやりとして湿った冷気も座敷に流れて来た。その冷気には樹木の生気がたっぷりと含まれている一方、微かに下肥《しもごえ》の臭いもするような気がした。小鳥の囀《さえず》りが庭木の上でかまびすしい。下男の作蔵が表門を開ける軋んだ音が聞こえた。

すぐに若い男の声が作蔵に朝の挨拶をした。

男の声は廻り髪結いの伊三次のものだった。

伊三次は奉行所に出仕する不破のために毎朝通って来るのだ。作蔵が門を開ける時にはすでに外に立って待っている。遅れたためしはない。それは自分の仕事に忠実なのか、不破の小言が嫌やなせいかどちらともわからない。恐らく両方だろう。伊三次は髪を結わせている他に小者にも雇っている男だった。廻り髪結いをしているので江戸の市中を歩いている。行く先々で集めて来る情報は確かで、不破は彼をかなり信頼して使っていた。

「あなた、そろそろ時刻でございます。お起きなされませ」

縁側に膝を突き、障子を細目に開けていなみが声を掛けた。不破はうむ、と応えた。いなみはその声を聞くと座敷に入り、不破の着替えを用意するために衣桁《いこう》の前に進む。

不破は返事ばかりでなかなか寝床から起き上がろうとしない。寝起きの悪い男である。とっくに目は覚めているのにすぐにぱッと起きる気にならない。いなみが振り返って溜め息をついたのがわかった。

「ささ、伊三次さんがお待ちですよ」

「わかっておる。今少し……」

「またそのように。今も、今少しも同じことです。思い切りよくお起きなされませ」

いなみの口調は次第に厳しくなる。それでも不破はぐずぐずと寝床の中で枕を引き寄せ、起きる気配を見せない。いなみは堪《た》まらず上掛けを剝ぎ取った。不破は四肢を蝦《えび》のように縮めた。

「往生際の悪い、いい加減になされませ！」

「おのれ、下郎！」

いささか芝居がかったやり取りもいつもの朝のことだった。寝起きは齢《よわい》三十を過ぎても相変わらず悪かったが、それでも若い頃に比べたら幾分、程度はよくなっているだろう。

十代や二十代の頃はただ無性に眠かった。

暇さえあれば寝ていた。父の跡を継いで同心として奉行所に出仕するようになると、務めを終えて家に戻るなり、すぐに横になった。

疲れと緊張のせいもあったろう。あまりにそれが続くと父もそうだが、母親までが精神がたるんでいる、というようなことを言った。

しかし、眠いものは仕方がなかった。ある日、毎度の小言がうるさくて座敷ではなく、長持だの掛け軸だの高張り提灯だのをしまっておく納戸で寝たことがあった。長持の蓋を開けると母親が輿入れした時の花嫁衣裳が入っていた。それはいかにも古びて、黒い地が羊羹色に褪《さ》めていた。不破はそれを上掛けにして横になった。納戸の中は埃臭かったが妙に気持ちが落ち着けた。すうっと眠りに引き込まれてしまった。自分でも信じられないのだが、そのまま翌日の昼過ぎまで眠り続けてしまったのである。

家中で不破がいないと大騒ぎになっていたことは、だから知らなかった。すわ出奔《しゅっぽん》かと、父親はお奉行に申し訳が立たぬ、自分は切腹して面目を施そうとまで思い詰めていたらしい。

空腹と尿意でようやく目覚めた不破がのこのこ座敷に出て行くと、叔父やら与力の片岡郁馬《いくま》やら、同じ同心で友人の緑川平八郎やらが父を囲む形で何やら相談している様子があった。不破の弟の静馬《しずま》は他の同心の家に養子に行っていたが、これも養家からやって来て眼の縁を赤くしてその中に殊勝に座っていた。

兄の一大事である。万一の場合は養家の家督を返上して不破の家を継がなければならないと覚悟を決めていたらしい。静馬は最初に不破に気づいたが、まるで幽霊にでも出くわしたようにあわわわと、声にならない声を上げた。

「おのおの方、いかが致した？」

呑気な不破の問い掛けに一座の人間は言葉を失っていた。

「お前はどこにいたのだ？」

父の角太夫が怒りを抑えてようやく口を開いた。

「納戸で寝ておりました」

「一日中も寝ておったと言うのか？」

「はて、ほんの一刻ぐらいの間だと思っておりますが……」

そう言えば外の様子が妙におかしかった。

納戸に入ったのは夕方のはずだったのに陽は煌々と頭上にあった。すっかり不破は時間の感覚を失っていた。角太夫の「馬鹿者！」という大音声が響いたのと、与力、片岡郁馬が噴き出したのは同時だった。一座は片岡の笑いに誘われて爆笑の渦と化した。不破一人がその中でキョトンとしていた。

この噂はたちまち奉行所に拡まった。村雨の父親が不破を見ると苦々しい表情になるのは、このことも影響しているのだろう。不破は奉行所にその日の無断欠勤の届けを出し、上司の片岡からは形ばかりの注意を受けた。

その当時の不破の渾名《あだな》は「眠り猫」だった。

不破は半ば寝惚けまなこで伊三次にそれとなくゆきの素行を探ることを命じた。伊三次は不破の頭の毛筋《けすじ》を立てる手を止めて「そいつは旦那、あれですかい、間男を突き留めるってことですかい？」と無邪気に訊いた。不破はいっぺんに目が覚めた。

「何が間男だ、このすっとこどっこい！」

「違うんですか」

毛筋を立てるのは必ず左からと決まっていた。伊三次は吠えた不破の頭が揺れるのを止めるように、束ねた髪を引き絞った。不破の顎がその拍子にカクンと上がった。

「よく考えてみろ、あの女が間男する柄か？」

「そりゃわかりやせんよ。世間には物好きが多いですからね。とんでもねぇへちゃむくれの女と深間になってる商家の旦那を知っていますよ」

「信濃屋か？」

「ご存知じゃないですか」

不破は伊三次の言葉に堪まらず噴き出していた。信濃屋は伊三次の客で深川で材木商を営んでいた。家つきの女房の目を盗んで小間物屋の後家といい仲になっている。信濃屋も醜男だが、その後家も輪を掛けて醜女《しこめ》である。

事情を知っている者は「似合いの二人」と陰口を叩いていた。この二人は妙に馬が合っている様子で、その仲もそろそろ一年にもなっている。

「じっとしておくんなさい。これじゃ仕事ができやせん」

「お前ェが余計なことを喋るからだ」

不破は笑い過ぎて目尻に湧いた涙を指で拭うと昨夜の村雨の話をかい摘んで話した。

そいつァ……と呟いたきり伊三次は黙った。

そのまま黙々と不破の髪を結い上げることに集中した。時々、視線を隣家の庭に移す。ゆきが朝早くから笊《ざる》に何かを並べて陽に干しているのが見えていた。

髷の刷毛先を握り鋏でパチリと切り落とすと銀杏頭のでき上がりだった。この髪型は八丁堀銀杏と言って町方役人の独特のものだった。髷の刷毛先がきれいに反り上がっている。伊三次は不破の肩から花色手拭いを外し、それを畳んでから台箱に櫛やら鬢付油やらを仕舞い始めた。髭を当たった時に使った桶の湯を庭に振り撒くと女中のおたつに「お世話さまで」と声を掛けて渡した。

いつもよりそそくさと帰り仕度をしているように見えた。何か思うところがあると伊三次は無口になった。不破が訊ねるまでなかなか喋らない。

「お前ェはどう思う？」

不破は伊三次の考えが聞きたかった。だが伊三次は「わかりやせん」とあっさりと応えた。不破は鼻白む気持ちになった。

「お前ェはあの女房がどんな女に見える？」

「どんな女と言われても……ごく普通の奥様にしか見えませんが」

伊三次は涼しい目許を不破に向けて言った。

不破はいらいらした。もう少し観察した意見がほしかった。伊三次としては役人の妻に下世話な感想を言うのを憚る気持ちがあった。

単刀直入に直截な言葉ばかりを期待する不破に伊三次は時々、困惑した。一介の髪結いという自分の立場を考えようとしない。小者の役割をしている時は特にそうだ。伊三次は武家に対する遠慮があった。勝手なことはそうそう言えなかった。

「何か勘が働かぬか？」

「そう言われても……旦那はどう思っているんです？」

「半信半疑というところだな」

「付け火の下手人というのは、大抵は気の弱い、はっきりものが言えねェ奴が多いもんですよね。どこにも憂さを晴らすところがなくて。それでつい、やっちまうようです。村雨様の奥様がそれに当たるかどうかはわかりやせんが」

伊三次がようやく本音に近いことを言ったので不破の気持ちは幾分落ち着いた。

「うむ。そう言われると思い当たることがある。あの女房は舅、姑に気を遣い、六人の子供の世話、くそ真面目でおもしろみのない亭主と来たら、こいつァ、さもありなんというものだ」

「本当は村雨様の奥様の張り込みはわたしよりも旦那の奥様の方が都合がいいんですが

ね」

「いなみに？」

「へい。隣り同士ですから何かあればすぐに気がつくと思うんですが」

「しかし……」

「別に付け火の疑いということは喋らなくても、ちょいと気になることがあるから注意して見ていただきたいと」

「手前ェ、楽をするつもりでこのッ！」

「とんでもねェ。わたしはこれから染井に行って村雨様の奥様のことを聞いて来るつもりですよ」

「染井？」

不破は怪訝な眼を伊三次に向けた。伊三次は時間がもったいないという様子で縁側の沓脱石《くつぬぎいし》に置いてある履物に片足を突っ掛けながら「ご存知なかったんですか、村雨様の奥様の実家は染井なんですよ」と言った。そんなことまで不破は知らなかった。

「誰に訊いた？」

「以前に旦那の奥様がおっしゃっていました」

そう言った伊三次の表情はほんの少しだけ不破を見下すように見えた。

「そいじゃ、ごめんなすって。夕方にもう一度伺います」

思案する不破をよそに伊三次はさっさと表に向かっていた。

「伊三、ちょっと待て！」

不破は他の務め向きの用事もあったので慌てて伊三次を呼んだが、伊三次は聞こえないのか、聞こえないふりをしていたのか足早に表門の外に去ってしまっていた。

四

いなみの話ではゆきの行動には変化らしいものは見受けられないということだった。村雨の言った通り、時々庭で何かを燃やしていることは多いという。しかし、それも不審に思えるほどのことではないらしい。

ゆきに接近し始めたいなみは夫の用事とは別に垣根越しにゆきと世間話をする機会が増えたと喜んでいた。いなみも家にいるばかりで退屈であったのだろう。気軽に訪ねる親戚はいなみにはいなかった。両親も亡くなって、御家人の家の養子になっている弟が一人いるだけだった。この弟とも滅多に逢うことはなかった。弟の家族はいなみと逢うことを喜ばない。それはいなみの実家である深見家にも問題があったが、いなみの前身が大きく影響していた。いなみは一時期、吉原の小見世にいたことがあった。それ故、弟の崎十郎の家では崎十郎にいなみという姉がいることさえ秘密にして決して口外しなかった。両親共々死んでしまったということになっていた。いなみはそれでいいと思っている。前途ある弟の将来が自分の存在をなくすることで保たれるなら一向に構わない。ただ、今の龍之介と同じ年頃で離れ離れになった弟がいつまでも気掛りではあった。年に一、二度、人の目を避けるように訪れる崎十郎は裏口からこっそり入って来て、いなみに墓参りの花代の足しにしてくれと小遣いの中からいくばくかを置いて行く。そこに龍之介でもいたら崎十郎はぎゅっと抱き締めて離そうとしなかった。たった一人の実家の甥っ子である。本来なら自分の屋敷に呼んで泊まらせたり遊ばせたりしたいのだ。いなみには崎十郎の気持ちが痛いほどわかってそっと袖で涙を拭うのであった。

いなみの父親は京橋の浅蜊《あさり》河岸で町道場を開いていた。そこは場所柄、町方役人も稽古に訪れることが多かった。不破も子供の頃からこの道場に通っていた。鏡心明智流《きょうしんめいち》のいなみの父、深見平五の剣術の名声が高まるとともに、神田に上屋敷を構える北陸のさる藩の指南役まで仰せつかるようになった。それが縁でいなみの姉の菊乃はその屋敷に奥女中として奉公していた。

美貌の菊乃は藩の留守居役の息子との縁談が持ち上がり、話はとんとん拍子に進んだ。祝言の日取りも決まり、しばらくは江戸を離れることになる菊乃のために身の周りの道具を揃えたり、着る物を揃えたりと深見の家では嬉しくも慌ただしい日々が続いていた。

平五は菊乃の後にいなみを屋敷に奉公させる心積もりでもあった。

しかし、縁談は祝言の直前になって突然、破談となってしまった。その理由は相手方に大名家の姪との縁談が新たに持ち込まれ、藩の将来と自身の出世のために相手方はそちらに乗り換えてしまったのだ。

平五はそれを不服として相手方に談判に行った。そこからは当事者同士でなければわからないのだが話し合いがこじれ、どちらかが先に剣を抜いた。恐らく恨みを持った平五であろうと不破は思っている。平五は相手方の親子に刀傷を負わせてしまった。それが藩主の怒りを買った。剣術指南役は当然のように下ろされた。平五は自分の意見を聞こうとしない藩主に抗議するために自裁した。菊乃も前途を憂いて父親の後を追うように自害してしまった。弟の崎十郎が親戚の世話で御家人の家に養子に入ることができたのは不幸中の幸いと言うべきだろう。

道場は平五の弟子であった日川大膳に譲り、いなみと母親のいくは、母親の実家に身を寄せた。全くこの頃は息をつく暇もなく次々と不幸が押し寄せ、いなみは一生分の涙を流したと思っている。いくは実家に戻ってから心労で床につき、間もなく帰らぬ人となった。

母親の実家は叔父が家督を継いでいる御家人の家であった。いくが死ぬと、あろうことか、いなみは実の叔父に言い寄られた。連れ合いの叔母には嫉妬から憎まれた。とてもその家にはいられないと十六のいなみは思い詰め、いくの四十九日が終わると叔父の家を飛び出した。何んの当てがあるわけではなかった。

ただ働いて一人で生きて行くのだと気丈に自分を奮い立たせていただけだ。しかし、世間知らずの娘が行き着く先はおのずと知れるというものだ。水茶屋で働いていた時、親切にしてくれたお店者《たなもの》ふうの男が、もっとよい奉公先があると勧めてくれ、今戸の小ざっぱりした屋敷に連れて行かれた。そこで木綿普段着を柔かな絹物に着替えさせられ、久しぶりに上等の食事が与えられた。幸福を味わったのはつかの間だった。

今戸の屋敷は吉原の遊女屋の寮（別宅）で、男は女衒《ぜげん》をなりわいにしていたのだ。いなみはすぐに吉原の小格子の中に押し込められてしまった。もしもそこで不破に出逢わなければ今でもいなみは苦界勤めを強いられていたはずである。

いなみは父の弟子である不破のことはもちろん、昔から知っていた。恵まれた体格と、ものおじしない性格に助けられて剣術の腕は優れていた。しかし、いなみが竹刀を持つと必ずからかう言葉を掛けて、それが恥ずかしく嫌やだった。道場の帰りなどは五、六人の友人達と往来をわが物顔で歩き、大声で下らぬ話をしていたのも興醒めだった。いなみには不破はまるで町の与太者のような男に映っていたのである。

しかし、その不破が張り見世の中にいたいなみを認めて、ためらうことなく見世に上がって来たのには心底驚いた。わが身の境遇を恥じる気持ちはありながら、いなみは懐かしい顔に出逢った安心感をふと感じていた。たとえ嫌やな男と思っていても、自分に同情してくれ、どうしてこのような所に、と訊いてくれた不破がありがたい人に思えた。

吉原は定廻り同心が定期的に見廻る所だった。その時も同僚の緑川平八郎と岡っ引きの留蔵が一緒だった。気の毒に緑川と留蔵は不破が見世に上がっている間、所在なげに表で半刻余りをじっと待っていたことになる。

まだ不破が見習い同心の頃のことである。

不破は深見の家のことを新しい道場主である日川大膳から聞き、いなみのことを気に掛けていた。女子ながら剣の心得があり、凜とした態度を保ついなみに不破は魅かれていた。それは誰にも打ち明けたことのない不破の胸の内だった。いなみを妻にできたらと密かに思ったこともある。しかし、武士といえども幕臣からは不浄役人と蔑《さげす》まれる立場の不破は、いなみがいずれ、しかるべき所に輿入れするものと諦めていたのだ。そのいなみがあらぬ場所にいた。濃い化粧を施していても不破は一目でいなみと気づいた。不破の頭にぼうっと血が昇った。

いなみは武家出の妓《おんな》という触れ込みで客を取らされていた。いなみがいた遊女屋は引き手茶屋などを介さなくても遊べる安直な小見世だった。いなみは不破の前でさほど多くは話さなかった。何を言っても涙になりそうだった。不破に対しても弱みは見せたくなかった。甘えてみたいとか慰められたいとか、そんな感情を持てる相手ではなかった。

しかし、その時の不破の表情にはいなみがかつて見たこともない生真面目なものがあった。不破はいなみが取りあえず無事でいたことを喜んでいる様子だった。申し訳程度の肴がついた台の物の酒を飲み干すと、不破は「わが妻になっていただきたい」と深々と頭を下げた。いなみは驚きのあまり返す言葉もなかった。

「よろしいか？　いなみ殿。拙者に異存はござらん。後はいなみ殿の覚悟一つ。同心の妻になるかならぬかでござる」

不破の眼にいつもの揶揄《やゆ》するようなものはなかった。いなみを哀れんでも蔑んでもいなかった。いなみは不破という男にある種の感動を覚えたが、やはり力なく首を振った。

「それはなりませぬ。不破様がそう思ってもご両親がご承知なさいません。このような場所にいた女を娶《めと》ったとなったら、不破様のご出世にも差し支えましょう」

「何んの。同心に出世も糞もあるものではござらん。両親は拙者が話せばわかってくれます。あなたはこんな所にいてはいけません。拙者のことが少々気に入らずともそうする方があなたのためです」

不破はきっぱりと言った。あの即座の決心は不破のどこから生まれたものであろう。いなみはそれを今でも訝しむ。それを訊ねると「おれはいなみの剣の気合に惚れておったからの。キエーッと女子ながら凄まじいものがあった」とはぐらかしてしまうのだ。

吉原で不破と再会してからいなみが不破の屋敷に引き取られるまでひと月とかからな

かった。どんな話し合いが不破と両親の間にあったのかはいなみは知らない。しかし、いなみが不破の人間になってからは、ただの一度も自分の前身のことで不破の両親から愚痴をこぼされたことはなかった。いなみにはそれがただただ、ありがたかった。不破から仇討ちだけはならぬと釘を刺され、それが無念と言えば無念だった。いずれ機会を見て憎い留守居役に一矢報いたいとは密かに思っていたことであった。

五

ゆきの実家は染井で医者をしていた。染井は樹屋《きや》の多い所である。村雨の家で草餅に使う蓬《よもぎ》や柏餅の葉などを苦もなく手に入れられるのは実家から分けて貰えるからなのだろう。

そればかりでなく、どうやら野菜や魚、米までもゆきは実家から運んで来るらしい。染井あたりの田舎の医者になると貰い物が多いようだ。金の払えない患者は代わりに畑で拵えた野菜を持って来るという。野菜も江戸府内では高直《こうじき》で、いなみはそれが羨ましいと言って不破に怒鳴られた。

伊三次は染井に行って、近所からゆきの実家の様子を聞いて来た。ゆきは月に一度ほど実家に顔を出すそうだった。父親は高齢で今でも患者の脈はとっていることはいるが、もっぱらゆきの兄が大半の患者の面倒を見ていた。この兄の連れ合い、ゆきにとっては嫂《あによめ》に当たる女には子がなかった。最近、ゆきの末っ子である多聞を養子にする話が出ているらしい。ゆきはそれに反対しているようだった。

そのため、実家からの貰い物も以前より肩身の狭い思いでして来るらしい。なに、嫂は、子が欲しい下心でゆきに色々施しをしていたのだった。

奉行所から退出して来た不破は自分の家の庭から勇ましい掛け声が響いているのに気づいた。息子の龍之介が剣の稽古をしているところだった。そろそろ息子の通う道場では秋の紅白試合が行われる。そのために家に帰って来てからも稽古をしているのだ。龍之介の相手を務めているのはいなみであった。

道場から離れてしばらく経つが、龍之介の相手ぐらいにはなるようだ。深見平五の剣の筋はなぜかいなみにばかり引き継がれた。竹刀を持つといなみの性格はがらりと変わるような気がした。

「脇が空いていると何度も申しているのに。それ、背筋を伸ばして、腰が曲がっておりますよ。そうそう。それから足を一歩踏み出すのです。どちらの足を出すのです？　あなたは左右の区別もできないのですか？　龍之介！　どこを見ておるのです？　母の眼を見るのです。それ、それ隙あり！」

不破は供の中間《ちゅうげん》の松助を振り返って、自分の唇に人差指を押し当てた。松助は不破の家に寄宿している中間である。松助は心得たという顔で忍び足で裏口に回った。今、不破が声を掛ければいなみは稽古を止めてしまうだろうと思ったからだ。そっと家に入ろうとして、ふと視線を村雨の家の方に向けると、ゆきが相変わらず庭でたき火をしていた。ゆきの傍によちよち歩きの多聞がまとわりついていた。芥子《けし》頭が愛くるしい。不破は垣根越しに「ご精がでますの」と声を掛けた。ゆきは不破の声にこちらを振り返って頭を下げた。

「お戻りなされませ」

そう応えたゆきの声は女にしては恐ろしく野太く聞こえた。

「弥十郎殿もお戻りか？」

「いえ、主人は本日、お務めの帰りに日本橋の卯月《うげつ》さんへ回ると申しておりました」

「ほう、そうですか」

「卯月」は日本橋にある菓子舗だった。村雨は筆の腕を買われて商家に揮毫《きごう》を頼まれることがあった。揮毫と言っても菓子屋なら季節の菓子の名を書いて店に貼り出す広告のことである。

「お入りになりませんか。焼き芋を仕込んでおります。そろそろでき上がる頃ですよ」

「拙者がいただいてはお子達の分が不足になりましょう」

「子供達はとっくにいただきました。ご遠慮なさらずに」

不破は焼き芋などさして食べたいとは思わなかったが、ゆきと話ができる機会だと考え、「では……」と垣根の木戸から村雨家の庭に入った。年代ものの松の木が庭の中央で大きく枝を拡げていた。枝を透かして陽の光が柔かく庭に降りそそいでいた。たき火の薄青い煙がそれに逆らうように昇っていた。ゆきは不破のために古い床几《しょうぎ》を勧めた。

火が恋しいという季節には間があった。不破はたき火から少し離れた所に床几をずらして座った。

「もう少しですから……」

ゆきはそう言ってたき火の火を掻き立てた。

さすがに手際はよかった。ゆきのふっくらとえくぼのできた手は、よく見ると細かくあかぎれが目立った。女中を一人置いているが働き者のゆきは家事も女中まかせにせず、あらかたをこなしていた。

「弥十郎殿が内職をしてくれるのなら、ゆき殿も家計が助かることでしょうな」

不破がそう言うとゆきは自分の顔の前で片手を左右に振った。

「とんでもないです。主人は自分が使う筆や墨が欲しくてやっているのです。同心の分際ですっかり書家きどりなのですよ。上等の物ばかり買うのです。それでいてわたくし達には倹約、倹約とやかましく言い立てます。全く男は勝手なものでございます」

「いささか拙者も耳が痛い」

「不破様は違います。男らしくておおらかで、わたくしはご尊敬申し上げております」

「お世辞が過ぎますぞ、ゆき殿」

「いなみさんはお倖せです」

ゆきの声が沈みがちに聞こえた。

「なに、あれも拙者のことを内心ではどのように思っているのかわかりません」

「いいえ。いなみさんと不破様とは心と心が通うておられます。わたくしにはそれが羨ましいのです」

ゆきはたき火の煙を目で追い掛けながら言った。今まで愚鈍な印象があったゆきが存外にはきはきとものを言うことに不破は驚いていた。

「弥十郎殿とは心が通いませぬか？」

「氷室《ひむろ》のように冷たい男です。この家では夏の暑さは感じませぬ。いつでもひんやりしておりますもの。主人だけではございませぬ。義父《ちち》も義母《はは》もわたくしを見下すような態度を致します。わたくしの実家が武家ではないからでしょう。それゆえ、子供達までわたくしを馬鹿にしたような物言いをするのです」

「それは母親に対して無礼というもの。拙者が弥十郎殿に意見致しましょう」

「無駄でございます。上の子供達はすっかり村雨家の血が滲《し》み込んでおりますもの。多聞だけです、わたくしの味方は……」

ゆきはそう言って傍の多聞をいとおしそうに見つめた。不破はゆきの中に抑圧されたものを感じた。

「そうですか。ゆき殿もなかなか大変でいらっしゃる。それで時々、火事見物で憂さを晴らすという訳ですかな？」

不破は悪戯っぽい表情になってそう言った。

「まあ、お恥ずかしい！」

ゆきははにかみ、顔を赤らめた。しかし、その表情には格別不審なものはなかった。

「随分、火事見物がお好きのようですな」

「好きと言われると困りますが半鐘が聞こえると、どうしても気になってしまいます。わたくし、子供の頃、神田佐久間町の伯母の家に泊まりに行って火事に遭いました」

「ほう、そうですか。あの辺りは風の吹き回しが違うようで今までも火元になる場合が多かったですな」

「はい、その通りでございます。家が五軒ほど焼けると、周りの空気は堪え難いほど熱くなります。すると、燃える物はいきなり火を出します。直接火に触れなくてもです。わたくし、家財道具を運んでいた大八車が目の前でいきなり火を出したのには大層驚きました」

「いわゆる白熱という状態でしょうな。そうなると火は赤いというより、むしろ白っぽく見えます」

「そ、そうです。周りの風景がまるで薄い紗《しゃ》を掛けたように朧《おぼ》ろに見えて、それで物凄く熱いのです。わたくし、その時のことが忘れられなくて……」

「ゆき殿はその時、怪我はされませんでしたか？」

「幸い、髪の毛を焼いただけでした。火事がある度にあの時の風景にもう一度出逢わないものだろうかと思います」

「これは穏やかではない」

「不破様、主人には内緒ですよ。きっと何も考えない倖せな子供の頃に見た思い出ですからその時が懐かしいのでしょうね。変な女だとお思いでしょう？　つまらないことをお喋りしてしまいました。さて、そろそろよろしいでしょう」

ゆきは火挟みで焼けた落ち葉の下にあった見事な甘藷《かんしょ》を取り出し、村雨の反故紙を二、三枚重ねた上に無造作に置いてから不破に差し出した。

「ささ、どうぞ。お熱うございますよ」

皮は真黒に焼け焦げていたが、二つに割ると目の覚めるような鮮やかな黄色の実が現れた。

「これはうまそうだ」

不破ははふはふと頰張った。

「あ、父上！」

龍之介の甲高い声が響いた。どうやら稽古も終わり、隣家の庭にいた父親に気づいたようだ。

「喰うか？　大層うまいぞ」

不破は紙に包んだ焼き芋を目の高さに持ち上げて見せた。龍之介は挨拶もせずに村雨家の庭に入って来た。垣根の向こうで、いなみがゆきに頭を下げた。ゆきの細い眼は嬉しそうにさらに細められた。どうやらゆきは、いなみにすっかり心を許しているようだ。多聞が無邪気に龍之介の袴に摑まったのが可愛かった。

六

村雨弥十郎からゆきの張り込みを依頼されてから、不審な火事はふた月余りも起こらなかった。これはゆきが改心したのか、それとも村雨の思い過ごしであったのかと不破も伊三次も考えるようになっていた。

不破はゆきのことばかりに拘わってはいられない。大江戸の治安を守るのが同心の仕事であった。ゆすり、たかり、引ったくり、迷子捜し、盗み、喧嘩、果ては間男まで、あらゆる事件が南北両奉行所の与力・同心の手で取り締まられていた。町奉行その人は、言わば事件を決裁する立場の人間でしかなかった。

与力・同心は世襲制ではなかったが、与力が引退する時にはその子が改めて召し抱えられるという形で与力になった。同様に同心の子もその形で同心となった。そうして親から子へ、子から孫へ、孫からまたその子孫へと受け継がれる捕り物の心得は嫌やでも揺るぎないものとなって行く。

特に不破のような定廻り同心などは尋常な江戸の地理を知っているだけではとても務まらない。板橋の大榎《おおえのき》だの、麻布大黒坂の一本松、鈴ヶ森のお七の白眼《にらみ》松、湯島法源寺の寝松など、いわくのある樹木にも明るくなければならない。あるいは物陰、小路、人の集まりやすい大店の構え、その裏口、暖簾の特徴なども覚えていなければならない。それ等は父や祖父から繰り返し語られ、覚え込まされたことである。もちろん、なかなか自白しようとしない下手人の口を割らせる術もしっかりと叩き込まれていた。

浅草に酉《とり》の市が立つ季節になっていた。市は酉の日に開かれ、三の酉まである年は火事が多いと言われている。不破は諺《ことわざ》や迷信を信じない男であったが、なぜかこの年は三の酉であることを妙に気に掛けていたように思う。市には縁起物の熊手やお多福の面、八つ頭を笹の葉に通したものが売られた。それを求めるのは主に料理屋や役者など客商売をしている者で、大抵は出店をひやかす客ばかりであった。

不破は伊三次を伴って浅草の鷲《おおとり》神社をざっと見廻って奉行所に戻るつもりだった。人出がある時は掏摸《すり》が横行して油断ならないものだが、土地の岡っ引きも手下を連れて神社の周辺に目を光らせていたので、不破は半ば見物気分で見廻りをしていた。伊三次はお文のために小振りの熊手を一つ求めた。

熊手の代金は不破が考えていたよりはるかに高額であったのだが、伊三次はそれをさほどためらうことなく買い求めた。売り子が派手な手締めをして景気を煽《あお》っていた。

人混みの多い神社から出てほっとひと息つき、茶店で喉でも潤そうかと算段した矢先、二人は半鐘の連続打ちを聞いた。近くではないが、さほど遠くとも思えなかった。早くも野次馬が火事場に向かって駆け足になっている。

「どこだ?」

不破は耳を澄まして独り言のように呟いた。

火事となるとこの頃は村雨ではないが嫌やな気分になった。ゆきのことが心配になる。

「神田辺りでしょうか」

伊三次が応えた。

「村雨の女房が来ているやも知れぬ。行ってみよう。いいか、伊三次、もしもあの女房がいたら目を離すんじゃねェぞ」

「へい」


火元は神田和泉町の武家屋敷であった。いや、正確には藩邸の中にある江戸詰めの家臣が居住する御長屋の一軒であった。その藩の名と、かつて留守居役をしていた日向《ひゅうが》伝佐衛門という名に不破ははっきりと憶えがあった。その男こそ、いなみが父親の敵《かたき》と憎む者だった。日向の所は御長屋とはいえ、一軒建ての玄関構えのある堂々とした造りで、隣接する二階建ての他の勤番侍が寝起きする御長屋とは明らかに違った。

八つ半（午後三時頃）あたりから出火した日向の御長屋は町火消し「め組」も総動員して消火に当たったが、鎮火したのは夜の五つ半（午後九時）を過ぎていた。幸いその日は風もなく上屋敷と二階建ての御長屋への類焼は免れた。

だが、日向の御長屋は炭のようになった柱を数本残しただけの丸焼けとなった。御長屋の屋根が瓦ではなく昔ながらの茅葺《かやぶ》きであったことも影響したようだ。

辣腕《らつわん》の留守居役だった日向も齢六十を過ぎてから一線を退いていた。とっくに江戸にはいないものと不破は思っていたが、その息子が同じく留守居役を仰せつかり、日向はその後見職という立場で国許には帰らず、江戸の風に吹かれる暮しを楽しんでいたらしい。

家臣二人に抱えられるようにして御長屋から出て来た日向は顔と足に火傷を負った様子だった。

広い庭に掃き寄せられていた落ち葉の小山があった。後で処分するつもりでそのままにされていたのだろう。火はつけていないということだったが、どういう訳かそこから火が出た形跡があった。落ち葉の山の近くには日向の御長屋に通じている茶室があった。その茶室は江戸詰めの家臣の無聊《ぶりょう》を慰めるためのもので普段は使われておらず、その時も無人であった。

落ち葉から出た火は茶室を焼き、渡り廊下を伝って日向の居室に引火したのだ。

野次馬の数も凄まじかった。消火のために屋敷の表門を開けたので、どっと人がなだれ込んだ。藩の家臣や駆けつけた町奉行所の与力・同心、土地の岡っ引き、下っ引きが躍起になってその整理を試みたが群衆の勢いには敵わなかった。赤い炎は巨大なカンテラの面灯《つらあか》りとなって群衆を照らしていた。特に茅葺きの屋根に火がついた時は、火柱が天を焦がさんばかりにドーッと音を立てて垂直に立ち上がり、野次馬の群衆からも思わず、「おお」とどよめきが起きた。火柱の先端は白っぽい炎に揺らめいていた。まさにそれは白熱の状態であった。群衆の誰もが火に酔い、火に憑《つ》かれているように見えた。

不破も野次馬の整理を手伝ったが、そこにゆきの姿を確認するどころではなかった。不破はまさかこのような火事をゆきが引き起こすはずはあるまいと思ったが、罹災した者が日向親子と知って、何やら胸の奥でコツンと因縁めいたものは感じていた。

不破が亀島町の組屋敷に戻ったのは深夜に近かった。着物も羽織も燻《いぶ》したような臭いが滲み込んでしまった。不破はそれをくんくんと嗅ぎながら出迎えたいなみに刀と帯の後ろに差し込んでいた緋房の十手を渡した。

いなみはそれを袂《たもと》で受け取りながら「伊三次さんが先ほど見えまして」と言った。伊三次とは途中ではぐれてしまった。気になっていたので「それで？」といなみの顔を覗き込んだ。いなみはなぜか泣き腫らした後のような眼になっていた。

「泣いておったのか？」

「いえ……」

いなみは刀と十手を持ってそそくさと茶の間に入ってしまった。不破は後ろに控えていた作蔵に戸締まりをして休むように言ってから座敷に上がった。

茶の間に不破が入って行くと、いなみは炉の前で茶を淹れていた。炉の火の上の鉄瓶がしゅんしゅんと白い湯気を立てていた。いなみの膝のところに見慣れない石が置いてあるのに不破は気づいた。火打ち石だった。

「伊三次さんがこの火打ち石をお渡しするようにと言っておりました」

「うむ」

「付け火の下手人が落としたものだそうです」

「そうか……」

不破は天井を睨んで吐息をついた。恐れていたことが現実になりつつあった。

「ゆきさんですね？」

いなみは顔を俯《うつむ》けたまま低い声で言った。

「滅多なことを申すでない。そんなことはまだわからぬ。伊三次がゆき殿を下手人と言ったわけでもあるまい」

「でもこの火打ち石はゆきさんが使っていたものです。真ん中が少し窪んでおりますもの。あの方は袖の中にいつも火打ち石と付け木を入れていたのですよ。わたくしにゆきさんを見張らせたのは付け火の疑いがあってのことなのでしょう？」

「……」

いなみの淹れた茶は熱過ぎた。不破はチッと呻いて顔をしかめた。

「わたくし、ゆきさんが付け火をするような人とはどうしても思えませんでした。でももしそうなら……試す方法が一つだけあると思いました」

「何んだ？」

「今日の火事は日向様のお屋敷だそうですね？」

そう訊いたいなみに不破は眼を剝いた。

「手前ェ！」

「ゆきさんがわたくしの代わりに仇を討ったのです」

今にも殴りかかりそうな不破にいなみは怯《ひる》むことなくきっぱりと言った。

「お前、先生と日向との経緯《いきさつ》を話したのか？」

不破はいなみの父親のことは今でも「先生」という呼び方をしていた。

「はい。ゆきさんは大層同情して下さいました」

「それでゆき殿が事を起こしたというのか……馬鹿な。仮にも大名屋敷、切手（通行証）もなしにどうしてゆき殿が中に入れると言うのだ」

「いいえ、あのお屋敷は土地柄なのか出入りの改めは比較的ゆるうございました。門番の中間は江戸雇いの者が大半で、出入りの商人の名を言えば切手などなくとも通してくれます」

何んということだろう。それではいなみがゆきをそそのかしたようなものだ。

「お前は自分が何をしたのかわかっておるのか？　お前は卑怯にも他人を使って自分の仇討ちをさせたのだぞ」

「あなたがわたくしに仇を討つことを禁止なさったからです。わたくしの悔しさはあなたにはわかりません。所詮、他人事ですもの」

「でも、覚悟はできております。どうぞわたくしにお縄を掛けて下さいまし」

「……………」

「馬鹿者！」

堪まらず不破は怒鳴った。その声にいなみはぎくっと身体を震わせたが、次の瞬間、不破もいなみも身体の動きが止まっていた。二人の耳に再び火の見櫓の半鐘の音が聞こえたからである。恐らく七軒町の埋立て地にある火の見櫓のものだろう。滅多打ちの早鐘。仕舞いには撞木《しゅもく》で半鐘の中を掻き回す「摩半鐘《すりはんしょう》」となった。至近距離の火事であることを告げるものだった。

不破は立ち上がり、茶の間から客間を横切り、縁側の障子を開け、雨戸を外した。夜気とともに白い煙が部屋に流れ込んで来た。いなみは袂で鼻を覆った。不破は足袋裸足のまま外に出た。胸から嫌やな気分がせり上がっていた。

村雨の家が燃えていた。子供達の悲鳴が聞こえた。不破は下男の作蔵と中間の松助を大声で呼んだ。しかし、真っ先に現れたのは息子の龍之介だった。頭の中味はもう一つだが、こういう時の龍之介の反応は素早い。

「水だ、水！」

不破はわめいた。龍之介は井戸に走った。

組屋敷の連中も集まり、家財道具を運び出すのを手伝い出した。上の子供達と村雨の両親は外に出ていたが、村雨とゆき、それに多聞の姿がなかった。不破は屋敷沿いに村雨の名を大声で呼びながら回った。その頃になってようやく火消し人足がやって来て、龍吐水《りゅうどすい》を汲み上げる。纏《まとい》持ちが梯子を使って屋根に上がった。不破が火消し人足の鳶口《とびぐち》を取り上げて雨戸を外すと、どっと火の粉が舞い上がった。

「旦那、危のうございますから退《の》いて下さい」

火消し人足の再三の呼び掛けを不破は無視した。

普段は滅多に足を踏み入れることのない裏の通用口まで来た時、不破は多聞の泣き声を聞いた。闇に目を凝らすと庭木の傍に村雨が立っていた。

「おお、弥十郎殿」

不破はそう言って近づいたが、振り向いた村雨にぎょっとなった。村雨の寝間着の前がはだけ、下帯の端がのぞいている。多聞を左手で横抱きにし、右手には鞘から外した一刀が握られていた。その一刀には夜目にもぬらりと光るものが付着していた。

「多聞を……頼みます」

村雨は押し殺したような声でそう言うと腕の多聞を不破に預けた。不破は激しく泣いている多聞を抱き取りながら「ゆき殿は？」と訊いた。

「われ等に構うな！」

村雨の声が裏返って甲高く響いた。

「弥十郎殿、ゆき殿はまだ家の中におられるのか？」

「寄るな、行け！」

村雨は刀を振り上げて不破を威嚇した。ものの弾ける音がして目の前の障子から炎が上がった。すぐ上の庇《ひさし》が呆気なく崩れ落ちた。

「友之進殿、お手前には色々お世話になった」

「何を言う、今はそれどころではない。ゆき殿を助け出さねば……おぬし、もしやゆき殿を斬ったのか？」

村雨は不破の質問には答えなかった。答えないということがそれを認めたという意味にもなるのだろうか。

「友之進殿、さらばじゃ」

村雨は突然、そう言うと不破に背を向け、渾身の気合とともに燃え盛る炎の中に飛び込んだ。その途端、天井が崩れた。不破は思わず後ろに飛び退いた。あまりのことに声も出ない。炎の中で村雨の黒い影が廻り灯籠のように妖しく動き、ついに赤い炎の中に呑み込まれてしまった。村雨が女のような悲鳴を上げるのが聞こえた。不破にはなすべもなかった。膝から下の力が抜けていた。歯の根も合わないほど震えながら、不破はそれでも多聞だけはしっかりと胸に抱え、よろよろと表玄関の方へ歩いていた。

七

村雨の家は改易とはならなかった。主とその妻を亡くしたことでお奉行からいたく同情が寄せられたからだ。村雨の家族は屋敷住み換えとなり、今の所よりずっと奥の空き屋敷に移った。長男の弥平太は十三歳になっていたので見習いで奉行所に出仕することになった。多聞は染井のゆきの兄の所に養子に行った。

不破は村雨と自分とのやり取りのことを上司の片岡には報告しなかった。この件はゆきを助けようとして村雨も共に命を奪われたということで弥平太より奉行所に届け出が出された。従って日向の御長屋の火事の件も原因不明のままとなった。ただし、日向の御長屋は江戸府内でも火事の多い場所でありながら茅葺きの屋根であり、防火の意識が薄いとの公儀からのお咎めを受け、日向親子は役職を下ろされ、国許に戻される旨を不破は聞いていた。

不破はゆきの火打ち石のことは伊三次に口止めした。卑怯と思われようが事の真相を晒す気はさらさらなかった。

「そうですよね。いまさら死んだ人間のやったことをお白州に持ち込んでもどうなるもんでもありやせんからね」

そう言った伊三次の言葉が唯一の不破の救いだった。日向の御長屋に火をつけたのは、あれはゆきのいなみに対する友情だったのだろうか。ゆきの中にためらいはなかったのか。いなみの無念が晴れる、いなみを喜ばせたい、ただそれだけの理由で事が起こせたのか、不破にはわからなかった。

わからないことはまだあった。村雨がゆきを斬り、自らも命を絶ってしまった理由はゆきが付け火を自白したからなのか、それとも村雨が伊三次よりも先に証拠を掴んだからなのか。掴んだとすればいつ？　どこで？　いや、それよりも村雨の家を焼いたのはゆきなのか村雨なのか、それとも偶然の過失なのか不破にはわからなかった。仮に村雨の家に火をつけたのがゆきだとするなら、彼女が心底焼き尽くしたかった物は荒れ寺でも掘っ立て小屋でもなく、実に心の通わない家族が住み暮す村雨の家そのものだったということはわかる。しかし、それでゆきが本望であったかどうかは今となっては知る由もない。

いずれにしても不破はこの忌まわしいでき事の詳細を以後、誰にも洩らすことはなかったのである。

備後表

一

町家の門口に丹精した菊の鉢が目立つ。

冷え込みのきつくなった頃に、ようやく菊の花に気づく自分が伊三次は不思議だった。菊は暑さの残っている時から徐々に花を咲かせていたはずなのに、今頃になって突然のようにあそこでもここでも菊の花ばかりに目が行くようになった。それは菊の放つ香りのせいかも知れなかった。空気が冷えて透明になっているからこそ、菊の香は際立つのだろう。菊は村娘のように、ただ赤いばかりでぼんやり咲いているものもあれば、吉原の花魁《おいらん》のように絢爛と美を誇るものもある。

まるで女のようだと伊三次は思う。

この世に咲く花の香りは、人が口で褒《ほ》め上げるほどいいものだと伊三次は思わない。中には頭が痛くなりそうな、だるい甘さを放つものもある。その中で菊だけは多少、仏臭いが伊三次には好きな花の香りだった。

廻り髪結いの伊三次は丁場を三つほどやっつけた後で昼飯を摂る算段をしながら親父橋を渡り照降町《てりふり》を歩いていた。

朝夕はめっきり冷え込んでいても、昼刻には汗ばむほどの陽気になった。伊三次は袷を着て商売道具の入っている台箱を持っているのでなおさらである。空は深い海のような色をしていて、雲は魚の鱗の模様を見せている。まさしく秋であった。額に湧き出た汗を手の甲で拭って、伊三次は菊の香に混じり、仄《ほの》かに新しい畳の匂いを嗅いだ。

照降町はその昔、遊郭の栄えた場所なので今でも色街の風情がそこここに残っている。親父橋から荒布《あらめ》橋の間のわずかな通りに傘屋と雪駄を売る店が軒を並べているから降ったり照ったり照降町などと、江戸っ子は人を喰った名が好きだ。古い構えの茶屋や遊芸の師匠でも住んでいそうな家も多かった。伊三次は仕舞屋《しもたや》ふうの家の庭で印半纏の男が畳の表替えをしているのに気がついた。豆絞りの手拭いで頭を覆い、鉄瓶の注ぎ口から含んだ水でぱッと畳表に霧を吹く。その拍子に男の前に小さな虹ができた。伊三次は思わず口許がほころんだ。

畳職人は伊三次の幼なじみの喜八《きはち》だった。

「おうッ」

伊三次は丸に「畳」の字を染め抜いた喜八の半纏の背に声を掛けた。

「伊三ちゃん……」

振り向いた冬瓜《とうがん》のような顔はまさしく喜八のものだった。

「仕事の途中か？」

喜八は建仁寺垣《けんにんじがき》の傍《そば》までやって来て嬉しそうに白い歯を見せて訊《き》いた。昔から図体のでかい男だった。二十貫はありそうな身体には藍染めの半纏は窮屈そうに見えた。紺の腹掛けの胸に汗が滲んでいる。

「これから飯にしようと考えていたところだ」と伊三次は応えた。

「入《へ》えんな」

「いいよ。お前ェこそ仕事の途中だろうが」

「昼飯なら弁当があるぜ。お君はやたら飯を持たせる女でよ、二人前ぐらい楽にあるわ」

「お前ェが大飯喰らいだからだろう」

「へへ」

「のろけてやがる」

お君は喜八の女房で、二人は一年ほど前に所帯を持ったばかりだった。伊三次は無理矢理その家の庭に引っ張り込まれた。台の上で畳表が青く清々しく見えたが、伊三次はその畳表に視線を落として「こいつはおっ母ァが拵《こしら》えたものじゃねェな」と言った。

「伊三ちゃん、当たり前ェよ。おっ母ァの拵える表はこんな町家じゃ使わねェのよ」

喜八は豪気に言ったが慌てて口許を手で抑えた。こんな呼ばわりして家主に聞かれてはまずい話だった。喜八の母親のことを伊三次も自分の母親のように「おっ母ァ」と呼んだ。本当の母親が早くに死んでいるので、伊三次はなおさらそう呼びたがった。喜八の母親のおせいは馬小屋のような家の土間でいつも畳表を織っていた。機織《はたお》りをひと回り大きくしたようなもので朝から晩までぱったん、ぱったんやっていた。もうずい分、喜八の家を訪れていなかった。

「おっ母ァは今でも表を拵えているんだろ？」

仕事台の横に敷いた茣蓙《ござ》に並んで腰を下ろして伊三次は喜八に訊いた。

「なあに、もう年よ。気が向けばやり出すがとても昔のようには行かねェ。せいぜい月に二畳分もやるかなあ」

喜八は伊三次の前に竹の皮の包みを拡げながら言った。でかい握り飯が五つもあった。

「それでもおっ母ァが拵える傍から引き手があってよ、もっとやってくれろと催促されるのよ。問屋はおっ母ァのために国からわざわざ藺草《いぐさ》を取り寄せているんだ」

「へえ……」

「畳表なんざ、藺草で編んでりゃ皆、同じだとおいらは思っていたけどよ、本気で家の商売をするようになると、これが色々あるんだ」

「そりゃそうだろう」

「おっ母ァの拵える表は備後表《びんごおもて》って言ってな、畳表の中でも極上上吉の類だったのよ」

「備後はお前ェの親父とおっ母ァの国じゃねェか。何をいまさら感心することもあるめェ」

伊三次は喜八の握り飯を一つ頰張った。塩のきつい握り飯は中に梅干しが入っていた。

「うめェ！」

伊三次がそう言うと喜八は嬉しそうに笑った。家主の女が盆に茶を淹れた湯呑をのせて運んで来た。粋筋らしい四十がらみの女だった。黒八を掛けた縞の着物が婀娜《あだ》っぽく見えた。喜八はその女に「ちょいと友達と会ったもんで、一緒にお邪魔させて貰います」と如才ない口を利いた。女も愛想のいい笑顔でどうぞ、どうぞと言った。湯呑と一緒に粟餅の皿が添えられていた。伊三次は握り飯を一つ食べた後で粟餅に手を伸ばした。

「ここのお内儀《かみ》は昔、吉原《なか》でお職を張っていたんだと」

喜八は女がいなくなるとそう言った。

「今はどっかの大店の旦那に囲われているそうだが」

伊三次には興味のない話だった。生返事をしていると喜八は伊三次の気を引くように昔、一緒に遊んだ仲間の消息をあれこれと語り出した。こっちの方がよほどおもしろかった。

喜八は畳問屋から仕事を回して貰っている職人だった。父親も畳職である。父親の喜三郎は備後の国からはるか昔におせいと江戸へ出て来たのだ。最初は国の仲間と一緒で、藩主の江戸詰めの屋敷を普請するのに雇われたと聞いていた。まだ喜八が生まれる前の話である。おせいは国許でも表は拵えていたが、江戸に一緒に来たのは喜三郎とその仲間の食事の仕度のためだった。普請が終わって仲間は国に帰って行ったが喜三郎は残った。その時に世話になった畳屋から強く引き留められたからだ。しばらくはその畳屋にいたが、その内、別の畳屋へと移った。手間賃の違いが理由だったのだろう。それから檜物《ひもの》町の路地裏に腰を据えて江戸の人間になったのだ。

馬小屋のような家と伊三次が思ったのは道理で、実際その家は昔は馬小屋だったのだ。土間が広いのが唯一の取り柄で他は何も彼も雨しずくで立ち腐れていた。伊三次の父親が近所のよしみでずい分手直しをしてやったものだ。伊三次の父親は「よくもあんな所に親子三人暮していらァ」と呆れていた。

喜八のところの暮しに目鼻がつくようになったのは喜三郎の給金よりもおせいの拵える畳表のせいだったろう。おせいは喜三郎が仕事をする時の畳表の粗雑さに呆れ、これなら自分が織った方がよっぽど上等の物ができると思ったのだ。しかし、残念ながら織機がない。国許と違って江戸の表は他国から運び込まれているのが大方だった。喜三郎は伊三次の父親にどうか織機を造ってくれと泣きついて来た。伊三次の父親の伊之助は大工だったが、とてもその頼みは無理だと最初は断ったのだ。しかし、おせいが「いいのさんならきっとできる」と妙に持ち上げたものだから人のいい伊之助は、とうとうその気になってしまった。自分の仕事が終わった後の夜なべ仕事で織機を拵えたのだ。何しろおせいの話を聞いているだけでは埒《らち》が明かなかった。

「藺草をこう差し入れますやろ？　それからぱったん、足を踏みますのや。するとの、一目、表が編めますのや」と備後なまりで説明されても伊之助には何が何やらさっぱりわからなかった。反物を織っている人を訪ねたり、畳屋の古い職人に聞いたりしてようやく織機は完成したが、それからも微妙に何かが違うとおせいは言ってずい分手直しもした。仕舞いにはさすがの伊之助も癇癪を起こすこともあった。ようやくおせいの気に入るようになったのは伊之助が造り始めて半年も経った頃だった。おせいはそれから張り切って表を拵えた。縦糸にする麻糸もおせいは自分で縒《よ》っていた。おせいの表は他人の手が一つも入らないおせいだけの表だった。もしも国許にいたなら、おせいは藺草の刈り取りから泥染め、乾燥まで自分でやっただろうと喜三郎は言っていた。刈り取った藺草はすぐに泥に浸けなければ、その清々しい青さは保たれないのだそうだ。一畳の畳が仕上がるまでに様々な工程があることを伊三次はおせいを身近にして初めて知った。織機を拵えた手間賃は喜三郎がこれまた、仕事の暇を見計らって伊三次の家の畳をきれいにすることでとんとんになっていたと思う。

備後表は国許で採れる若い藺草を二枚、表にしてから、さらに中央で接《は》いで作られる。接ぐことにより普通の表より広幅のものが得られた。一枚だけでは幅が狭過ぎるせいでもあった。おせいの拵える表は目が詰んでいて堅牢だった。しかも飴色の光沢をいつまでも失わないという優れた特長があるのだと喜八は言った。接いだ部分はどう目を皿のようにしてもわからないという。

「なあ伊三ちゃん、近い内におっ母ァに顔を見せに来いよ、喜ぶぜ」

小半刻、仕方噺を続け、伊三次が腰を上げると喜八は言った。

「いいけどよ。おれァ、おっ母ァの顔を見たら泣けそうな気がして切ねェの。昔のことを色々思い出してな。おれァ、意気地なしだから……」

伊三次は喜八のでかい顔に薄く笑った。

「何言ってる、泣いたっていいじゃねェか。伊三ちゃんの泣ける場所がうちのおっ母ァなら、おいらだって嬉しいぜ」

「よせ喜八。下手な芝居みたいな台詞《せりふ》だぜ」

そう言いながら伊三次の眼はすでに熱くなっていた。伊三次はその眼を喜八に見られないように「じゃあな」とすげなく言って振り向かずに手だけひらひら喜八に振った。

「きっとだぜ、伊三ちゃん」

喜八の声が伊三次の背中に覆い被さった。

二

父親の後を追うように母親が死んでから、伊三次は姉のお園の所に引き取られた。お園の亭主は髪結床を営んでいたので伊三次は当然のように髪結いの修業をさせられた。十二、三になっていたとは言え、住み慣れた檜物町の路地裏が恋しかった。そこにずっとそのまま住めないことが親が死んだことより辛い気がした。伊三次の家にはすでに別の店子《たなこ》が入っていた。油障子を透かして仄かな灯りが見えると、ほとんど嫉妬のような気持ちが伊三次を衝き上げた。黄昏刻《たそがれどき》、伊三次は時々、懐かしい家を覗きに来ていた。

おせいの織機の音がいつもぱったん、響いていた。その音が止まったと気づくと、おせいは戸口に立って伊三次においでおいでと手招きしていた。伊三次はそれを心の中で待っていたような気がする。そのまま帰るにはいかにも自分が侘しかった。おせいの傍に行くと、決まって彼女は節《ふし》の目立つ手で伊三次の手を強く握った。乾いて暖かい手だった。おせいの胸の辺りから藺草の匂いが立ち昇っていた。それからおせいは伊三次の頬を両手で挟み、「喜八がもうすぐ戻って来るから、晩飯喰うて行きなせえ」と言った。幼い子をあやすような仕種だったが伊三次はうっとりとされるままになっていた。

晩飯は煮売り屋から買った煮豆だの佃煮だの、湯豆腐だのがお菜で、それに香の物と汁がついただけが多かった。お菜はお園の方が色々作るのが上手であったが、伊三次はなぜか喜八の家で食べる物がうまく感じられた。

おせいはきっと伊三次が不憫《ふびん》でならなかったのだろう。膳を囲みながらおせいは伊三次の父親がどれほど腕のいい大工であったか、母親がこの近所ではいっとうきれえな女であったなどと言ってくれた。喜三郎は晩酌をしながら相槌を打っていた。おせいは伊三次を何んとか喜ばせたいと、いつも伊三次の両親を褒め上げるのだった。

お園の連れ合いの十兵衛にこっぴどく叱られた時も伊三次は檜物町に足が向いていた。おせいはいつものように自分を呼んでくれた。いつものように晩飯を喰って行けと言った。まだ晩飯の仕度をするには間があったので、おせいは織機の前に座って表を織るのを続けた。伊三次はそれを傍に立って見つめていた。今でもそうだが伊三次は職人がものを拵える手許をじっと見るのが好きだ。単調な繰り返しの内に、いつの間にか一つの形ができ上がることに感心するのだ。

おせいは手を動かしながら、伊之助は器用な男だったから、その血を引くあんたはきっといい髪結い職人になれるはずだと伊三次を励ました。そしてまた、あんたのお母さんはそれはそれはきれえな人で、と始まった。おせいは自分の器量の悪さに引け目を感じていたのかも知れない。いつものおせいの言葉になぜか伊三次はむっとなって思わず口を返してしまった。

「なんぼ親父が腕がよくても、なんぼお袋がきれえでも、死んだらそれがどうだって言うんだ。おれはへちゃむくれでもおっ母ァのように生きてる親がいい！」

そう言った途端、涙が土砂降りの雨のように伊三次の頬を伝った。おせいは驚いて手を止め「かんにん、伊三ちゃん。おっ母ァが悪かった。伊三ちゃんの心も知らんと……ほんに生きてる親が子供にはいっとうありがたいのや。ようけ泣かしてしもうてかんにんえ」と伊三次の手を取り、胸に抱えようとした。その手に抗いながら涙がとめどなく流れて伊三次は困った。それほど泣きたいことではなかったはずなのに涙は勝手に伊三次の眼から溢れ、土間に小さな点々のシミを作った。

喜三郎と喜八が戻って来た時には伊三次もようやく落ち着いていた。喜三郎は伊三次の泣いた顔に怪訝な表情をしていたが何も言わず、喜八と一緒に湯屋に連れて行ってくれた。その後はいつもの晩飯になっていた。

一度、感情を思いっきり爆発させたのがよかったのかも知れない。伊三次は辛い十兵衛の仕打ちにも堪えられるようになった。あの頃、おせいがいなかったら伊三次の気持ちはもっと荒《すさ》んでいただろう。それを思うと伊三次にとっておせいは大事な恩人だった。さんざん世話になった恩返しを大人になった今も果たしてはいない。おせいの所から足が遠退《とおの》いている自分の気持ちを伊三次は持て余していた。嫌っているのではなかった。

逢いたいといつも思っていた。喜八と別れた後でも伊三次はおせいを訪ねることにひどくためらっていた。おせいに対する無情な自分の心を伊三次は恥じていたのかも知れない。

三

だが、結局、伊三次はおせいの好きないなり寿司と小間物屋から安く手に入れたへちま水を二本持って喜八の家を訪ねた。喜八と照降町で会ってから十日目のことである。へちま水の一本はおせいに、残りは喜八の女房のお君にやるつもりだった。

檜物町の路地裏は魚を焼く香ばしい煙と汁の匂いに満ちていた。行灯の油を惜しんで、この辺りの人々は早目に晩飯を済ませ、さっさと布団にもぐり込むのだ。この辺りばかりではない。裏店住まいの人間は大抵そうだ。

伊三次はおせいの家の前に立って、織機の音がしないことに気づいた。それは忘れ物をしたような気持ちにさせられた。

「ごめんよ」と声を掛けたが返事がない。

買物にでも行って留守なのかと薄暗い土間に目を凝らすと、茶の間の上がり口におせいの着物の裾が見えた。素足は草鞋《わらじ》を突っ掛けたまま土間に向けられていた。上半身は障子に遮られて見えなかった。一瞬、伊三次はぎょッとなり、「おっ母ァ！」と思わず大きな声になった。誰もいない間に倒れたと思ったのだ。

「はァ……」

緩慢な動作でおせいは起き上がった。伊三次はほっと吐息をついたが、おせいは目の前の伊三次が誰か判断できないような顔だった。喜八によく似た丸い眼の辺りは以前よりいっそう深い皺が刻まれていた。

「何んだ、こんな所でごろ寝して……風邪引くぜ」

「あれ、伊三ちゃん」

「あれ伊三ちゃんじゃねェや。おれはまた、くたばっちまったのかと肝を冷したぜ。横になるなら履物ぐらい脱いだらどうなんだ」

「かんにん。悪い癖での、いつもこうなんよ。まあ、わたいはくたばってもおかしくない年じゃろね。どうしましたえ？」

「おっ母ァの顔を見に来たんじゃねェか」

「はあ、ほうか。それはそれは……」

おせいは眠気を振り払うように両手で自分の顔を擦りながら言った。突然の訪問に迷惑そうでもなく、かと言って勿体をつけた伊三次の言葉に格別ありがたがるふうでもなかった。いつもの、昔ながらのおせいだった。

「仕事はしているのかい？」

伊三次は自分の家のように茶の間に上がり、おせいの前に胡座をかいた。

「そうや、さっきまでしてたのやけど妙にしんどくてな、ちょいと横になったら眠ってしもうた。年寄りは駄目なものや」

「それでもおっ母ァは腕がいいから注文は切れないって喜八は言ってたぜ」

「まあまあ、それはありがたいことやけど、何しろ昔のようには行かん。一畳織るのに五日も六日も掛かるでな」

「備後表だってな。おれァ、おっ母ァが今までどんな畳表を拵えていたのかちっとも知らなかった」

「そら、子供の目からはただの畳表にしか見えんじゃろね。別に知って貰おうと思ったこともないきに」

おせいはよろよろと立ち上がり茶の用意を始めた。伊三次の土産におせいはひどく驚き、満面に笑みが溢れた。それでも「うちに来る時は気ィ遣わんと」と言った。持って来たいなり寿司を伊三次も一緒に摘みながら茶を飲んでいると、喜八の女房のお君が青物を抱えて戻って来た。喜八には不釣合いなほど小さな女だった。まだ十八だが麻の葉模様の前垂れの辺りがぷっくりと膨れていた。

おせいはお君にもいなり寿司の相伴をすすめたが、お君は後で戴きます、と行儀よく言った。へちま水には大層喜んで、さっそく使わせて貰うと何度も伊三次に礼を言った。「おめでたですかい？」と訊くと、お君は顔を赤らめ「恥ずかしい」と言って水屋のある土間に下りて伊三次に背を向けた。まだ娘々したお君の肩を見つめながら感慨深いものがいるのが伊三次に込み上げていた。あのあくたれの喜八が父親になる。そういう年になっている自分達が不思議だった。気持ちは子供の頃とさほど変わっているわけではないのだから。

「お君ちゃんにはようけ子供を産んで貰いたいのや。わたいは喜八一人だけやったから、喜八に寂しい思いをさせてしもうて……」

「なに喜八が寂しいものか。おれは年中この家に入り浸っていたし、遊び仲間にゃ事欠くこともなかったはずだ」

「ほうかの」

「それに喜八に兄弟がいたらおっ母ァはおれのことなんぞ構ってくれたかどうか……」

「伊三ちゃんは伊三ちゃんや」

おせいは慌ててそう言った。お君は振り向いてくすりと笑うと「お義母《かあ》さんは子供好きですからね。喜八さんも他所《よそ》の子も区別なく可愛がる人ですもの、伊三次さんは気の回し過ぎよ。あたしも喜八さんよりお義母さんが好きでお嫁に来たようなものなの」と言った。

「喜八さん、ねえ……」

亭主をさん付けで呼ぶお君が初々しくて伊三次はつい、からかう。

「嫌やだ。伊三次さんはすぐそうなんだから」

お君は檜物町からそう遠くない元大工町に住む瓦職人の娘だった。喜八が家の普請でお君の父親と顔を合わす機会が増える内、祝言の話が纏まったのだ。お君は物言いの優しい女だった。優しい声で話す女は器量以上に見えるものだと伊三次は思う。お君は色が白いのが取り柄で、黙っている分にはさほど気は引かれないが、甘えているような舌足らずな声を聞くとおや、と思ってしまう女だった。

そんな声で囁かれている喜八が伊三次は少し羨ましかった。伊三次が思いを掛けているお文《ぶん》と来たら、やたら伝法な女で優しいどころか剣突《けんつく》を喰らわせる方が多かった。

「伊三ちゃん、お嫁さんはまだかえ？」

おせいは伊三次の顔色を窺いながら訊いた。

「ああ、まだ……」

「あら、でもお義母さん、伊三次さんにはいい人がいるのよ。あたし見たもの」

「え？」

伊三次は思わず真顔になっていた。お君は晩飯の仕度をしながら時々振り返ってはおせいと伊三次の話に合いの手を入れていた。

「夏に深川の八幡さまのお祭りに喜八さんと一緒に行った時、伊三次さんは女の人と心太《ところてん》を食べていたわ」

「ほうか、どんな人やった？」

おせいは興味深そうに首を伸ばしてお君に訊いた。

「それがお義母さん、伊三次さんたら可笑しいのよ。女の人は心太をお酢でさっぱり食べていたようだけど伊三次さんは糖蜜でね、それをもっと心太に掛けてくれとお店の人に言って、よしねェな、と女の人に叱られていたのよ」

「そんなところまで見ていたのか、様《ざま》ァねェ」と伊三次は頭を掻いた。おせいは声を立てて笑った。

「あたしも喜八さんも笑いを堪えるのが大変だった。喜八さんは夜中にそれを思い出して馬鹿笑いしたほどよ。でも、きれえな人だった。眼に張りがあって芸者さんのように粋だった……」

「芸者なんだ。お文って名だ。おれと同い年だからもう年増だが……」

「お姉さんに言うてますのか？」

おせいは心配そうに訊いた。

「いや……」

伊三次は眉間に皺を寄せた。「姉ちゃんには女房にする女は素人にしてくれと釘を刺されているもんだからなかなか言い出せなくてな」

「そらお姉さんにすればそうじゃろう」

「それに今のおれは手前ェが喰うだけで精一杯でとても女房なんざ……」

「そんなことはないわ。お義母さんはいつも言っているわ。一人口は食べられなくても二人口は食べられるって」

お君は葱を刻んでいた包丁を振り上げてそう言った。「危ない！」とおせいはお君を窘《たしな》めた。興奮したようなお君に伊三次は苦笑した。

「ほんにそうじゃ、伊三ちゃん。早う所帯を持ちなせえ。わたい、祝儀に畳表を織るきに」

「とんでもねェ。おっ母ァの拵えた畳を使ったらもったいなくて尻の置き所もねェ」

伊三次がそう言うとお君は弾けるような笑い声を立てた。

「なあ、おっ母ァ、今までいったい何畳拵えた？」

伊三次は嬉しそうにいなり寿司を頬張っているおせいに訊いた。おせいの額の筋肉がすいっと持ち上がって「さあ、何畳になることやら。月に四畳やるとして年に四十八畳。十年で四百八十畳、二十年で……」と遠い所を見るような目つきをした。

「九百六十畳！」

伊三次とお君の声が重なった。

「てえしたものだ」

「昔は喜八の祖父《じい》さんによう叱られてのう、何やっとる言うて、座っていた腰掛けを蹴飛ばされたこともありましたのや」

職人が一人前になるための苦労はどこにもあるのだと伊三次は思ったが、そんな話はおせいの口から初めて聞いたことだった。辛い話は伊三次には話したことがなかったように思う。

「それでもあの世に近い年になるとのう、わたいの表はどこでどんなふうに使われているのやろとふうっと思いますのや」

「知らないのかい？　世話になっている畳屋に訊いたらわかりそうなものだが」

「畳屋の大将はお前がそんなこと知らんでよろし、言うてましたけど、番頭さんがこっそり教えてくれたことがありましたのや」

「おっ母ァの表はどこで使われていた？」

「お城やて……」

おせいは素っ気なく言ったが誇らしいような表情になっていた。

「お城って江戸城か？　上様のいる……」

伊三次が訊くとおせいはこっくり肯いた。

「去年、ようけ拵えた時はどうやら酒井様のお屋敷に使われるようやった」

酒井様とは姫路藩主酒井雅楽頭《うたのかみ》のことだと伊三次は思った。大名小路にある堂々とした構えの屋敷だった。代々、幕府の要職を務めている大名である。定廻り同心の不破友之進の所属する北町奉行所とその屋敷は近い所にあった。雅楽頭の屋敷は神田橋御門から入った所にある。北町奉行所は呉服橋御門の内にあった。

「わたい、自分の織った畳が敷かれているのをひと目見たいものじゃと思うておるのや。叶わぬことじゃろうけど……」

伊三次は黙った。幾ら何んでもできない相談であった。表を織るのも儘《まま》ならないほど身体が弱っているのは伊三次の目にも明らかだった。しかし、場所が場所だった。もっと気軽におせいを連れて行けるような所はないものかと伊三次は思っていた。

喜八はなかなか戻って来なかった。年寄りの喜三郎と一緒だと言っていたので帰りの道中にも時間が掛かっているのかも知れない。

おせいにもお君にも晩飯を喰って行けとくどいほどに引き留められたが、伊三次は不破の組屋敷に寄ることになっていたのでそれを断った。八丁堀の同心の小者に使われていることはおせいには言っていない。喜八には廻り髪結いを始めた頃にそれとなく言っていた。

それは喜八が幼なじみだからではなく、自分がお上の御用をするようになるので、間違ってもお縄になるようなことはしてくれるな、という警告の意味であった。伊三次は不破友之進の頭を毎朝結う傍ら、不破の務め向きの手伝いをして来た。そろそろ五年になる。十手も手形も預ってはいないが小者の仲間内では知られる顔になっていた。

お君は表通りまで伊三次を見送ってくれた。

お君は時々でいいから顔を見せてほしいと伊三次に言った。今日のお義母さんはいつもより生き生きしていたと言われて伊三次は切なかった。人は誰でも年を取り、いつかは死ぬ。それは理屈ではわかっていた。しかし、その理屈が頭で考えているよりはるかに早く、思わぬほど突然に訪れることに伊三次は戸惑う。人が生まれ、死ぬとはどういうことなのだろうか。ましておせいのように備後表を織ることだけに終始したような人生を何んと言おう。見せてやりたい、おせいが自ら織った備後表の敷かれている座敷を、と伊三次は強く思った。

四

火鉢の炭を掻き立て、それを抱え込むようにして不破友之進は翌日の務め向きの話を伊三次にした。風が雨戸を揺すっていた。伊三次は不破の部屋の畳に視線を落としていた。

少し赤茶けているそれは、とてもおせいが拵えるような表と比較することはできない。

しかし、寒さが身に沁みるそんな夜はその赤茶けた畳が妙にふさわしいような気がした。晩飯は不破の家の台所で食べさせて貰った。飯は冷えていたが汁だけは女中のおたつが温めてくれたので、疲れと空腹は癒された。煮魚と香の物、伊三次にとっては充分過ぎる晩飯だった。

不破の部屋に入ると、不破の妻のいなみが茶を淹れて運んで来た。いなみが珍しく部屋に腰を落ち着けたのは伊三次がおせいの話を始めたからだろう。どうやらいなみには別の思惑があったようだ。

「しかし、世の中はわからねェものだの。お城や大名屋敷で使われる畳が小汚ねェ路地裏で造られているとはな」

不破は茶をひと口啜ってそう言った。

「わたしも今まで知りやせんでした」

「そのおせいさんはお幾つくらいの方です?」

いなみが興味深い様子で伊三次に訊ねた。

「なかなか子供ができなくて三十五、六でようやく喜八が生まれたと言っておりやしたから六十を一つ二つ過ぎているでしょうか」

「生きておれば不破の姑《はは》と同じくらいのお年ですね」

自分の母親と同じ年齢と言われて不破の表情が少し動いたと伊三次は思った。

「ねえ伊三次さん、その方にお願いできないでしょうか？」

いなみはつッと膝を進めて言った。

「何んでござんしょう」

伊三次が問い返すといなみは不破の横に行き、不破の身体を邪魔だと言わんばかりに押し退《の》けた。不破は何んだ、とむッとした顔になった。不破が片肘を寄り掛けていた瀬戸の火鉢をいなみはずらして見せた。切り炉の蓋になっている小さな畳が現れた。切り炉は茶道のためのものである。しかし、その炉畳には大きな焼け焦げがあった。

「寝煙草で拵えたものです。誰の仕業かおわかりでしょう？」

いなみはそう言ってきつい流し目を不破にくれた。

「出入りの畳屋さんはいるのですが、何んだかこれだけを頼むのも気が引けて……」

「茶など点《た》てることは滅多にないからよいではないか」

不破は苦しまぎれの理屈をこねた。

「こうなのです。それでいて人に見られては都合が悪いものですから、そのように火鉢で隠しておる始末なのです」

「いいですよ」

伊三次は気軽に請け合った。

「本当ですか?」

いなみの瞳が輝いた。娘のような表情だった。

「ただし、表はこれとは少し違うものになると思いますがそれでもよかったら……」

「いいの、何んでも。焼け焦げがあるよりどれほどましか」

「頼むぞ、伊三」

不破までが安心したようにそう言った。

「旦那、その代わりと言っては図々しいんですが……」

伊三次は唇を嚙み締めて座り直していた。

「何んだ? 銭なら弾むぞ。のう、いなみ」

「ええ、もちろん」

「いえ、銭のことはいいんです。そのお……」

身のほど知らずは承知の上で伊三次はおせいの今生の願いを口にした。怒鳴られるか高笑いされるか、伊三次は首を縮めて不破の言葉を待った。不破は腕組みをして考え込んだ。

いなみは火鉢を元の場所に戻すと茶を淹れ換えた。不破は怒鳴りも高笑いもしなかった。低い声で「難しいぞ」と言っただけだった。

「何んでもします。どうかおっ母ァの願いを叶えてやっておくんなさい」

伊三次は自分の膝を両手で強く摑んで頭を下げた。

「よし。明日は畳屋巡りだ」

不破は力強くそう言った。

五

畳町はその名が示す通り、畳屋の多い町である。京橋のすぐ近くに小路を二つ抱えて畳町はある。不破と伊三次は翌日の午後、まずは喜八が世話になっている畳表問屋「ての字屋」を訪れた。ての字屋は畳表を備前や備後、遠くは肥前、八代、筑前、筑後など藺草の産地から取り寄せていた。不破と伊三次が訪れた時は畳職人は皆、出払っていて二人の奉公人が荷を運んだり、広い土間に散らかった藁屑を掃除しているだけだった。表を掛けない床が高く積み上げられ、巻き上げられた表の束も天井近くに渡した桟の上に幾つも並べられていた。

不破は出て来た中年の番頭にここ数年の注文仕様書を改めたいと申し出た。番頭は店に不都合でもあったのかと大慌てで主人を呼びに行った。ての字屋の主、庄兵衛が眼をしょぼしょぼさせながら出て来て「手前どもに何か手落ちがございましたでしょうか」と不安そうに訊ねた。

御納戸色の着物の上に店の屋号の入った半纏を羽織った五十過ぎの男だった。

「いやなに、備後表を拵えている檜物町のおせいという年寄りのことは知っているな？喜八という畳職の母親だ」

「は、はい。おせいさんには長いこと仕事をお願いしております」

「大層な腕だそうだな」

「さようでございます。あの人の織る表はいつもお褒めにあずかり、一度品物を納めたお屋敷では次も必ず注文がございます」

「畏れ多くも上様のおわすお城でもお使いいただいているそうだな」

「はい、おっしゃる通りでございます。そのことなら手前どもより越後屋さんの方が詳しゅうございますが」

越後屋は畳問屋の元締めだった。庄兵衛は不破と伊三次を早く追っ払いたいという様子が見えた。不破はそんな主の気持ちを読みながら意に介したふうもなく、おもむろに傍らの畳床の上に羽織の裾を端折《はしょ》って腰を下ろした。

「おせいの表はお城の他にどこに納めておるかの？」

「少々お待ち下さいませ」

庄兵衛はそう言って奥に引っ込み、それからなかなか出て来なかった。

「何か嗅ぎつけられたかと勘繰っておりやすね」

伊三次が苦笑混じりにそう言うと「どんな店も叩けば埃が出るさ」と不破は言った。

「畳屋ならなおさらでござんすね」

「うめェことを言う」

不破がにッと笑った。

「不破様、どうぞこちらへ」

番頭がようやく不破を促した。その額には玉のような汗が湧いていた。

店の奥に帳場があり、格子で囲んだ座り机の後ろの壁に大小の大福帳が掛かっていた。

庄兵衛は一冊の大福帳を不破の前に拡げて見せた。帳場の横は板敷になっていて客の接待もできるようになっていた。不破は履物は脱がず、斜めにひょいと腰を下ろしてその帳面に見入った。伊三次は立ったままで不破の肩越しにそれを覗いたが、畑違いの商売なので書き付けの意味はよく呑み込めなかった。

「生憎《あいにく》、ここ五年ほどのものしかございませんが……」

「構わぬ。おせいの品物を納めている屋敷を拾ってくれ」

「あの人に何か？　それともあの人の畳に何か不都合なことでもありましたんでしょうか？」

「いや、案ずることはない。御用の筋とはちょいと違うのだ。さる旗本がの、屋敷を普請するに当たり、噂に聞こえる備後表を試してみたいということでの、いったい、江戸ではどのような屋敷に使われておるのか調べてほしいと頼まれたのだ。それもおせいの拵える物に限ってということだった」

不破はまた、言うことが大袈裟だった。どこで噂に聞こえているというのだろう。伊三次は危うく噴き出しそうになった。庄兵衛は御普請の節にはくれぐれもよろしくと、ようやく安堵の表情が見えた。

それは不破と伊三次の予想をはるかに超えるものだった。江戸城はともかく、名のある神社仏閣、大名屋敷でもおせいの表は茶室や仏間だの特別の座敷に使われているものばかりだった。不破と伊三次は顔を見合わせて溜め息をついていた。

「他にないか？　料理茶屋とか呉服屋とか素町人でも足が運べるような所に納めておらぬか？」

「とんでもございません、不破様。備後表が町家に使われているなど聞いたことも見たこともございません」

庄兵衛は強くかぶりを振って言った。番頭は半ば呆れ顔をしていた。

「それにおせいさんの表はお国許から送られて来る表の不足を補うためにお願いしている次第で、何も彼もあの人に頼んでいるわけではございません。一畳や二畳ならこの帳面に載せていないこともございます」

「そうか……それでは一番新しい注文のあった屋敷はどこだ？」

不破が訊ねると中年の番頭は指に唾をつけて忙しく帳面を繰った。それから老眼に罹っているのか帳面をやたら離してたどたどしく書き付けの文字を読んだ。

「酒井……雅楽頭様のお屋敷で、御正室さまのお化粧《けわい》の間、八畳分でございます」

「うむ」

不破は番頭の声に肯いたが白けたような表情をしていた。

「酒井様のお屋敷は備前表が大方でございますが、備後表は特にこのお化粧の間だけに限ってご注文いただきました。これは間違いなくおせいさんの表です」

番頭はきっぱりとそう言った。そう言われてもなあ……という顔で不破は伊三次を上目遣いで見た。万事休すという感じだった。

「手間ァ取らせたな」と不破が腰を上げると、主の庄兵衛はほっとした表情を見せ、紙に包んだものを不破に差し出した。中には小粒が入っている。不破はそれを「ほう、そうか。済まぬの」と悪びれもせずにすいっと袖に落とし込んだ。絶妙な手捌きだった。

それができるようになると同心も一人前だった。

三十俵二人扶持《ぶち》の不破は禄だけでは生活を賄い切れない。伊三次達、小者を務める者の給金を町家から貰うお捻りで賄っているのだ。

岡っ引きと呼ばれる小者は同心が個人的に雇っている人間で、奉行所と直接の関係はなかったからだ。

ての字屋を出てから越後屋、備中屋と他の畳屋も回ったが、これはと思える屋敷は現れなかった。「酒井雅楽頭、御正室のお化粧の間」という言葉の響きが重く畏れ多く伊三次の耳に残った。

「幾ら何んでも大名屋敷じゃなあ……」

京橋を渡りながら不破が言った。

「物売りを装って入るわけにも行きやせんでしょうね」

「大抵は決まっておるのだ。御用達《ごようたつし》と言うじゃねェか」

「いえ、奥のことじゃなくて、中間《ちゅうげん》なんぞが口にする菓子や蕎麦のことですよ」

「うむ。酒井の家臣は国許から連れて来るが中間は一年決めで江戸で雇う者が多いからの。下っ端の者まで国許から連れて来るとなると、幾ら酒井様でも掛かりが多くなる。それもそうだの」

不破は自分の顎を撫でながら思案していたが、ふと「それにしても正月になるというのに畳替えはしないものかの。年始に訪れる客も多いだろうに」と言った。

「それもそうですね。もしも畳替えの注文があるんなら職人に紛れてお屋敷に入ることもできますよね？」

「しかし、お前ェ一人ならともかく、おせいを連れて行くとなると難儀だの。何んだこの女は、と不審の目で見られる」

「……」

「もう少し様子を見るか」

不破はそう言って大きく伸びをすると野放図な欠伸を洩らした。

六

伊三次は不破から頼まれた炉畳のことで再びおせいの家を訪れた。晩飯を済ませてから行ったので、うまい具合に喜八は仕事から戻っていた。伊三次の頼みは快く引き受けてくれた。

「この間はおっ母ァが馬鹿なことを言ったそうで……気にしねェでくれ。何しろ年寄りだから」

「何んのことだ？」

「手前ェの拵えた畳を見てェと言ったことよ」

「……」

喜三郎とおせいは晩飯が済むとすぐに寝床に入ってしまったそうだ。茶の間には晩酌の酒で顔を赤くしている喜八しかいなかった。お君は湯屋に行っていなかった。伊三次はおせいの顔が見られないことで少し寂しい気がした。

「とんでもねェ話だ。お城や大名屋敷にどうして行ける？　お君から話を聞いておいら冷や汗が出たぜ」

喜八は器用な手付きで茶を淹れながらそう言った。

「しかし、おっ母ァの気持ちを考えるとわかるような気もするぜ。夢中で表を拵えて来てよ、気がついたら手前ェは年寄りになっちまってる。すると手前ェで拵えた千畳からの表がどうなっているのかと、ちったァ考えるんじゃねェか？　拵えた表は手前ェの子供みてェなもんだ。おれの親父だって町を歩けばあすこはおれが建てた、ここもおれだと言っていたぜ。……親父はいいよ。手前ェで拵えたもんは外からでも見えたから。ところがおっ母ァはそうは行かねェ。作りっぱなし、行きっぱなしだ」

「伊三ちゃん……おいら、そんなこと今まで考えたこともなかった」

喜八はごつい顔に真摯な色を滲ませた。偉そうな口上を並べてしまったと伊三次は恥ずかしいような気持ちになった。

「おれァ、何んとかおっ母ァの望みを叶えてやりたくてよ、不破の旦那と畳屋を当たってみたんだが畏れ多い所ばかりでな、正直、面喰らったのよ。わかったのは酒井様の奥方の化粧の間は確かにおっ母ァが拵えた表が入っているということだった」

「ああ、それなら知ってる」

喜八は伊三次に湯呑を差し出しながら言った。「ての字屋は酒井様の御用達の店だからな。おいらも二、三度行ったことがあるぜ」

「酒井様の畳替えは年内にはねェのか？」

「いや、一日仕事だけど頼まれているぜ。春先に大抵の表替えは済んでいるから長局《ながつぼね》の座敷だけなんだが……」

伊三次は色めき立って、ぐっと喜八に身を乗り出した。

「そ、そいじゃ、おれがその時におっ母ァを連れてお屋敷に入ることはできねェかな？」

「とんでもねェ伊三ちゃん、なんぼ何んでも……入り口には門番だっているし、中にも番所があって家来が目ェ光らせているし……」

「そうか、駄目か……」

「だけど……」

喜八は自分の湯呑の中味をぐびっとひと口飲み下すと煤けた天井を仰いだ。伊三次が酒の相手にならないとわかると喜八も思い切りよく酒は仕舞いにした。伊三次は全くの下戸だった。

「畳を全部運び入れてしまうと掃除屋が来て仕事した場所をきれいにすることになっているが、今度のような小仕事なら掃除はおれ達がやるから掃除屋は頼まねェ。それでその時に掃除に来たと言ったところで……」

「構わねェということか？」

喜八の言葉の後を伊三次が受けた。喜八は肯いた。

「だが、酒井様の奥方の部屋っていうのは屋敷のずっと奥の方だし……」

「藁屑がそっちまで飛びました、てェのはどうだ？」

「伊三ちゃん、長屋住まいじゃねェんだぜ。一町も離れた所までそんな……」

喜八はどこまでも歯切れの悪い言い方しかしなかった。伊三次は取りあえず、喜八の知っている限りの酒井家の見取図を紙に書かせた。上屋敷はぐるりと江戸詰めの家臣が寝起きする御長屋と中間の固屋《こや》で囲まれていた。

出入り口には番所があり、屋敷の外にも辻番所が二箇所あった。大小の池があり、一番大きな池には滝が落ちる仕掛けがしてある。

庭があり花壇があり、樹木が植わっている森のような所があり、何んと鳥居のある神社まであった。御台所の住居は表御殿のずっと奥で離れのような場所にあった。もしも喜八が庭で仕事をするとなると、その場所は小川を挟んだ向かい側に当たる。存外に近いと伊三次は思った。妙な自信のようなものが伊三次にあった。どうしてそんな自信が持てたのか。伊三次は後になってその時の自分の気持ちを訝しんだ。喜八の顔が間近にあったせいなのか、何んとかおせいの願いを叶えたいと必死だったせいなのか伊三次はよくわからなかった。少なくともその時の気持ちは髪結いの伊三次ではなく、檜物町の路地裏に住む、大工伊之助の息子の伊三次に戻っていたはずだ。

　伊三次はのぼせていたのかも知れない。

「本当に伊三ちゃんやるつもりか？」

「ああ」

「見つかったらどうする？」

「その時はその時よ」

「……」

「喜八、おれが今までヘマしたことがあったか？」

「それは……ねェけどよ」

　橋の欄干渡り、竹のたが回し、凧揚げ、独楽回し、何んでも伊三次はうまかった。馬の後ろに回って尻尾の毛を引き抜いたり、親が大工なのをいいことに玄能《げんのう》の使い方を見よう見真似で覚え、滅法高い竹馬を拵えては他人の家の塀覗きをしたり、竹竿で蝙蝠《こうもり》を叩き落とすわ、按摩に笊を被せるわ、全くろくなことはしていない。だから駄菓子屋で菓子をくすねるなども朝飯前だった。なぜか伊三次は一度も捕まったことがなかった。その時の自信のようなものが伊三次を捉えて離さなかった。

「表替えはどのくらいの手間が掛かる？」

喜八の心配をよそに伊三次はすっかりその気になっていた。

「一畳に半刻として、おいらは三畳やればいいから昼には終わる」

「そうか。するてェと昼少し前に掃除に来ましたと門番に言えばいいんだな？」

「………」

「おれとおっ母ァはそれらしく竹箒でも持ってよ。いや、掃除は本当に手伝うぜ」

「伊三ちゃん」

喜八は真顔になった。人なつっこい丸い眼はいつものように笑ってはいなかった。

「もしもそれがうまく行くなら、おいら、何をさておいてもやってやりてェ。おっ母ァのただ一つの願いだからよ。それで酒井様の家来に一つ二つ刀傷つけられようが構やしねェ。その覚悟はあるぜ」

「ようし、気に入った。喜八、やるぞ！」

昔ならさしずめ「おうッ」と鬨《とき》の声を上げるところだったろう。二人は苦いような表情で湯呑の中味を飲み干しただけだったが。

七

不破は伊三次の話に慌てた。「気は確かか？」とまで言った。本気だと知ると今度は黙り込んだ。大名屋敷は不破の管轄ではない。もしもの時には手を貸すことはできなかった。屋敷内のことは屋敷内の判断に任せられるのだ。不破ができることは屋敷の外でじっと待つことだけだった。

「物盗りをしようというんじゃねェんです。奥方の化粧の間を覗かせて貰うだけです」と伊三次は言った。覗くという行為がどれほど僭越なことであるか、伊三次は知らないはずはなかった。

いつもは冷静な伊三次が妙に上《うわ》っ調子なことにも不破は驚いていた。そんな伊三次を止めることなど無駄であっただろう。酒井家は南北両奉行にいざという時の警護を依頼していた。

もしも伊三次の行為が表沙汰になった時、不破は与力を通じてそれなりの手を打つつもりであった。そうなった場合、不破も何かしらの責任を問われるだろう。そのことは不破は伊三次に言わなかった。

喜八は朝の五つ（八時）前に酒井家の屋敷へもう一人の職人と二人で入った。伊三次はおせいを伴って四つ（午前十時）には屋敷前にいた。不破と中間の松助も一緒だった。おせいには藍染めの半纏を着せた。髪も見苦しくないように伊三次が結い上げ、手拭いを被せた。伊三次も半纏に股引き姿で手には竹箒を持っていた。酒井家の屋敷が檜物町からすぐの所にあったのが幸いだった。長道中だったらおせいの足が心配になる。

「そろそろ時分だな」と不破が呟いた時、さすがに伊三次は胴震いがした。それを気取《けど》られないように「それじゃ、旦那、行って来やす」と伊三次はさり気なく言っておせいの背中を押した。

出入り口の番所はうまく通ることができた。おせいは緊張のあまり口を利くこともできなかった。中に足を踏み入れて、伊三次は景色が変わったように見えた。そこはまるで別世界だった。

雨が降ればぬかるみ、風が吹けば埃が舞い上がる江戸の町中とは格段の差があった。塵一つない敷石が表御殿まで続き、霜枯れてはいるが刈り込まれ、手入れされた芝が屋敷のはるか向こうまで拡がっていた。喜八の姿が豆粒ほどに見えた。おせいの足取りはまるであやつり人形のようだった。「おっ母ァ、しっかりするんだぜ」と伊三次はおせいの腕を取りながら何度も囁いた。喜八はもう一人の職人と庭の隅で仕事をしていた。

伊三次が近づくと引きつったような笑みを洩らした。伊三次はそれらしく箒を使いながら半町ほど離れた場所にある建物を顎でしゃくって「あれだな？」と言った。

「違うんだ」

喜八は手を動かしながらあっさりと否定した。

「何んだって？　お前ェ、この間はあれだと確かに言ったぜ」

伊三次は慌てて喜八に小声で喰ってかかった。思わぬことで胸の動悸が激しくなった。

「勘違ェしてた。御台所って言うから下手な知恵でおいらは奥方の座敷だと思っていたが、あすこはその通り台所だった」

「じゃ、化粧の間は……」

「いいか伊三ちゃん、よく聞け。おいらの後ろの建物は小書院と御対面の間だ。左の隅に出入り口があるだろ？」

なるほど喜八の言った所に黒塗りの引き戸があった。

「あすこを入ると中庭がある。おいら、こいつを仕上げたら中庭を通って長局の間に運ぶ。途中に化粧の間がある」

「今度は確かだな？」

「うん。畳は一畳ずつ運ぶ。二回目の時、おっ母ァを連れておいらの後に続いてくれ」

「よし、わかった」

喜八はすでに三畳目の畳に縁《へり》を掛けていた。

腕の力があるので太い針に通した糸も喜八が引き絞るとキュッと着物でも縫うように畳の目に吸い込まれて行った。要所要所をやっつける度に喜八はその大きな手で畳をぱんと張った。

「おっ母ァの表も極上上吉ならお前ェの腕も極上上吉というものだ」

伊三次は喜八の緊張をほぐすように言った。喜八はその褒め言葉には応えず、「よし、終わった。行くぜ、伊三ちゃん」と押し殺したような声で低く言っただけだった。

喜八はよッ、と掛け声を入れて畳を抱えると引き戸の中に入って行った。白い玉砂利が敷き詰められているのが見えた。もう一人の職人も後に続いた。事情を知っているのか知らないのか、そこに伊三次とおせいがいることを全く気に掛けていない態度だった。

喜八はなかなか戻って来なかった。もはや喜八の仕事をしている周りには藁屑一つ落ちていなかった。手持ち無沙汰におせいと小石を拾い集めていると大粒の汗をかいた喜八がようやく戻って来た。喜八の汗が陽の光を浴びて金色に光って見えた。喜八は二畳目の畳に手を掛けた。もう一人の職人も戻って来たが「亀、おいら達が戻るまでここにいろ」と喜八はその職人に言った。亀と呼ばれた若い職人は黙って肯き、芝に腰を下ろして煙草入れに手を伸ばした。亀は出入り口に向かう三人を表情のない顔で見ていた。

おせいはつんのめるような格好で喜八の後ろに続いた。陽が陰った。燦々《さんさん》と光が射す庭から中に入ると、まるで夜中になったような心地がした。しかし、すぐに眼は慣れた。足の裏で玉砂利がしゃりしゃりと音を立てている。仄暗い屋敷内はしんとして物音一つしなかった。

ずい分歩いた。途中、廊下を通らなければならなかったが、そこは職人の足で汚されないように莚《むしろ》が敷かれてあった。

「ここだ」

喜八はひと気のない座敷の前に来た時にそう言った。廊下を隔てて中庭が見える小さな座敷だった。小さいと言っても八畳間である。開け放した座敷には陽の光が弱々しく射し込んでいた。さほど調度品のないあっさりとした座敷だった。畳の縁は白地に紋織りが入った、いかにも御正室にふさわしい上品なものだった。喜八はおせいと伊三次をそこに残して廊下を進んで行った。

「おっ母ァ、これがおっ母ァの拵えた表か？」

伊三次が訊くとおせいはこっくり肯いた。

「本当にそうか？」

「伊三ちゃん、なんぼ耄碌《もうろく》しても自分が拵えたもんは、わかる……」

「そうか……」

おせいはそのまま黙って畳に視線を落としていた。伊三次はそんなおせいの横顔をじ

った。

喜八が戻って来たので名残惜しいようなおせいを急《せ》かして表庭に戻ろうとした時だっと見ていた。満ち足りたようなその顔を伊三次は美しいと感じていた。


「待ちや！」

甲走った鋭い声が廊下に響いた。伊三次はぎょッと振り向いた。いつの間にか廊下の曲がり角の所に着物の裾を引いた女が立って、じっとこちらを見ていた。年若い中﨟《ちゅうろう》だった。片外《かたはず》しに結った髪には飴色の笄《こうがい》が挿し込まれていた。片外しは御殿女中の髪型の一つだった。髪を輪に結び、笄を横に貫き、一方を外しているから片外しと呼ばれる。笄を抜けば、ばらりと下げ髪になるはずである。伊三次の手がけたことのない髪型だった。素顔も知れない白粉の白塗りに京紅が蒼味を帯びてぬらぬらと光っていた。着物の上に羽織った縫い取りのある裲襠《うちかけ》は玉虫色に輝いている。伊三次の腋の下を冷たい汗が流れた。後頭部が針の束を突き立てられたようにチクチク疼いた。

「何者じゃ？」

中﨟は小意地の悪い表情で訊いた。三人は廊下を下りて中庭の土の上に膝を突いた。

「畳屋でございます」

喜八は深々と頭を下げて言った。

「それはわかっておる。そのおなごはどうしたのじゃ？　このような所まで入り込むとは怪しき振る舞い。場合によっては許しませぬぞ」

無人のように思えた屋敷内から女達がぞろぞろと出て来た。縹《はなだ》色の揃いの着物に紫繻子の帯をやの字太鼓に結んでいる女達は目の前の中﨟よりも身分の低い者なのだろうと伊三次は思った。なぜかそこに侍の姿はなかった。

「お局さまを……」

中﨟は傍に控えていた女に小声で囁いた。

その声はこだまのように次々と伝わった。

伊三次と喜八は顔を見合わせ、ゴクリと唾を飲み込んだ。おせいの顔は紙のように白かった。そのお局さまの現れるまでの時間の何んと長かったことだろう。

「何事じゃ、騒々しい」

お局さまと呼ばれた女はやはり裲襠の裾を引き摺って現れたが、最初に声を掛けた中﨟よりはるかに年上に見えた。長局の責任者であるらしい。鶴のように痩せた身体からは威厳のようなものが感じられた。伊三次の動悸はさらに激しくなった。

「曲者にございます」

中﨟は廊下に膝を突いてお局さまに言った。

「はて、畳屋ではないか。本日、長局の間の畳入れ替えは前々より申し送りがあったはず。曲者などと穏やかでないことを申すでない」

「お言葉ではございますが、そのおなごと、痩せた方の男はお方さまのお化粧の間を何やらじっと眺めておりました」

「…………」

お局さまは伊三次達をじっと見つめ、やがて「仔細を申してみよ」と低い声で言った。喜八はもう口を利けなかった。伊三次は顔を上げてお局さまの眼を見た。柔和なその眼は嘘も真実もたちどころに見抜くようにも思われた。観念するしかなかった。

「ここにいる人は、そっちの畳職人の母親でおせいと申します。わたしは付き添いで参じました髪結いの伊三次って者です。おせいさんは化粧の間の畳表を拵えました。冥土の土産に自分の拵えた畳の部屋をその目で見たいと是非《ぜっぴ》で願ったものですから……ご無礼は重々承知で拝見させていただきました。申し訳ござんせん。どうぞ、平にご勘弁を」

伊三次はそれだけ言うのがやっとだった。

中臈はそれ見たかと言わんばかりに勝ち誇った表情で「無礼者め！」と甲高い声を上げた。お局さまはその中臈を目線で制し「まことか？」と訊ねた。

「へい」

「そなたではない。おせいとやらに訊ねておるのじゃ」

おせいは黙って頭を下げるばかりだった。

「そなた、江戸者か？」

「おっ母ァは、いえ、おせいさんは備後の出です」と伊三次は代わって応えた。

「よう口の回る髪結いじゃ。おせい、そなたの畳表は国では何んと呼ばれておる？」

試しているような言い方だった。

「備後表でごぜえます」

おせいはそれだけ蚊の鳴くような声で応えた。

「そうか……わらわも備後の出じゃ。故あって酒井様のお屋敷に奉公しておる。そなたの畳はお方さまもいたくお気に入りじゃ。寸分のたわみもなく丈夫で、しかも見事に美しい。そうか……そなたが織った畳表か……存分に眺めたか？」

おせいが何度も頭を下げるのを横目に見ながら伊三次は胸が熱くなっていた。むさくるしい年寄りにそのようなねぎらいの言葉を掛けるお局さまは、やはり人の上に立つほどの器量を備えているものだと伊三次は感心した。

「おせい、これからもやよ励め。ささ、このような所にいつまでもいてはならぬ。早う、去《い》ね」

お局さまはそう言って踵《きびす》を返した。何も、何事も咎めはなかった。

伊三次とおせいは後片付けのある喜八達を残して屋敷を出た。外に出るとおせいの気はいっきに弛み、地面にばったりと転んだ。不破は慌てておせいの腕を取った。

「わたいの表がありましたのや。それはそれは美しい畳になってのう、ありがたいことや、ほんにありがたい……」

興奮がおせいを途端に饒舌にしていた。不破はそうかそうかと相槌を打った。しかし、おせいはそこから一歩も歩けなかった。伊三次が背負って行こうと思った時、不破がおせいの前に背中を見せてしゃがんだ。

「おれが背負って行こう」

「旦那！」

伊三次は慌てて不破を制した。

「いいんだ。おせい、お前ェは伊三次の母親代わりだったそうだな。どれ一つ、おれにも親孝行の真似をさせろ」

不破はそう言った。

おせいはひどくためらっていたが不破の再三の申し出にようやく身体を預けた。不破はおせいを枯れ木の束のように軽々と背負った。

おせいは背負われながら瞼を閉じていた。

その閉じた瞼から一筋流れるものを伊三次は見た。

陽は燦々と頭上にあった。打ち水もとうに乾いた埃っぽい道を歩きながら、伊三次はつかの間、菊の香を嗅いだ。

それがこの秋の伊三次の大きな事件だった。

八

炉畳は備後表で造られた。おせいと喜八の心ばかりの品だった。新しい畳はきっぱりと切り炉の上に納まった。喜八が寸法を取りに来ていたので間違うはずもないのだが。そうして見ると古い畳とおせいの畳の違いはなおさらよくわかった。詰んだ目、美しい光沢、清々しい匂い……いなみはいつまでもその畳を撫でていた。そこにおせいがいると伊三次は思った。

おせいはそれから一年後に死んだ。喜八の子供に産湯を使わせ、お君の産後の世話を果たし、さらに表を二十畳も拵えてからおせいは逝った。自分の表を酒井家の奥で見たことが唯一の誇りだと死ぬまで言っていたそうだ。

いつもは忙しさに紛れて暮している伊三次だったが、菊の咲く頃、決まっておせいを思い出した。それは少年の頃の少し寂しくて切ない思い出も伴った。菊は葉も茎も立ち枯れても、なお花の部分だけは鮮やかに形を保つ辛抱強い花だ。そんな菊はまるでおせいのようだと伊三次は思う。しかし、伊三次の感傷など構ったことではないというように毎年、菊は咲く。来年も再来年も……恐らく人の世の続く限り——

星の降る夜

一

雲は終日、江戸の町を厚く覆っていた。妙に底冷えがして、今しも白いものでも落ちて来そうな気配がしていた。にもかかわらず、人々は気ぜわしく動き回っていた。

大晦日である。商家の手代、番頭は掛け取りに歩き、正月用品の物売りは裏店の奥の奥までも届けとばかり声を張り上げる。

大掃除を済ませた町家の表戸には注連《しめ》飾りがひっそりと揺れていた。灰汁《あく》洗いした柱や格子は木目もはっきり表れて清々しい。

だが、寸暇も惜しんで商売に精を出す者にとって早手回しの正月気分はむしろ邪魔なものにも思える。除夜の鐘が鳴るまでは今年の内だ。手代、番頭は掛けの代金を一件でも多く回収しようと、つれない客の後を追い掛ける。引きずり餅屋は荷駄車に臼と杵をのせて韋駄天《いだてん》のごとく餅搗き御用の家々を回って走る。こちらも一軒でも多く稼ごうと躍起であった。さして用のない者までもなぜか急ぎ足になっているのが大晦日のご愛嬌である。

大晦日の慌ただしさも除夜の鐘が境で、その後は江戸の町ものんびりとして少し退屈な正月気分へと摺《す》り換わって行く。たったひと晩で昨日を去年と呼び、今日を新しい年の始めとするのは不思議と言えば不思議な気分のものであるが、人はそうして一つ一つ区切りをつけなければ過去に決別できない生き物らしい。

廻り髪結いの伊三次も大晦日の日は年の終わりの最後の稼ぎ時とばかり、くるくる丁場を廻り、決まりの髪結い賃の他に正月の祝儀もせしめていた。最後の客の頭をやっつけた時は四つ（午後十時）を過ぎていた。伊三次はかなり空腹ではあったが腹ごしらえする前に湯屋に寄った。何せ正月になるのである。一年の垢を落とさないことには気色が悪い。茅場町の湯屋はその日ばかりは夜明かしで営業していた。いつもの仕舞い湯よりも時間を気にせずにゆっくりできるのがありがたいが、さすがに湯の表面には人の垢がうっすらと浮かんでいた。伊三次が入って行った時は洗い場に五、六人の客がいた。伊三次と同じ職人ふうの男達だった。彼等は仕事の甝《けり》をつけた安堵感からか同様にのんびりとして少し疲れたような表情をしていた。端唄の節回しが客の一人から洩れていた。その声は伊三次の耳に妙にしんみりと響いた。鬢付油の滲《し》み込んだ指を伊三次は糠袋で何度も擦った。今年一年、本業も裏の仕事もまあまあうまく行ったと糠袋を使いながら伊三次は思った。

——来年……

伊三次は身体を洗い流してから湯槽に肩まで浸かって胸の中で呟いた。

——床《とこ》を構える
一大決心は揺るぎなかった。それは伊三次にとって様々な意味があった。深川で芸者をしているお文《ぶん》と所帯を持つことでもあった。

これが本当の独立だと伊三次は思った。下剃り（髪結いの弟子）から手間稼ぎの廻りになったところで一本立ちとは言えない。髪結いは決まった床を構えてこそ一本立ちなのだ。

死んだ両親の菩提寺である深川の寺に伊三次は稼いで貯めた金を預けていた。寺は伊三次が言えば利息をつけて戻してくれる。五十両にはなっているはずだ。他に姉のお園の所に十両預けてある。それと塒《ねぐら》にしている茅場町の裏店の畳の下に三十両ほど貯めてあった。

そろそろ寺に持って行かなければと気にはしていたのだが忙しさにそのままになっていた。物騒なことは物騒だが、どうせすぐに入り用の金である。それに誰もあんな小汚い裏店に三十両もの金があるなどとは思いもしないだろう。全部の金を掻き集めたら床屋の株が手に入れられるのだ。丁場を分けて貰っている茅場町の出床《でどこ》の親方は、同業者で株を手放してもいいと言っている人を知っていた。

纏まった金ができたらいつでも言って来るようにと前々から話はついていた。ようやくその準備ができたのだ。年が明けたら伊三次は親方へ新年の挨拶方々、その話を持ち出そうと思っている。親方は喜んでくれるだろう。その後で伊三次は深川の蛤町へ行くつもりだった。蛤町はお文が住んでいる。伊三次のその時の恰好はいつもの普段着ではない。仕立て下ろしの紋付だ。京橋の呉服屋で誂えて、つい昨日、届いたばかりだった。躾《しつけ》糸が繋《かか》ったまま、風呂敷に包まれて塒に置いてあった。元旦にはそいつの躾糸をぴッと引いて身に纏うのだ。お文には心ばかりの手土産を用意している。桐の箱に入っている銀細工の簪《かんざし》だった。顔見知りの錺《かざり》職の男に半年も前から注文していたものである。注文した時はほんの気まぐれだったが、どこかでこの日の来ることを予想していたのかも知れない。話をするいいきっかけになる。簪は結び文の意匠を施していた。お文の名前を洒落たつもりである。気に入って貰えるだろう。

お文から屠蘇《とそ》と雑煮を振る舞われた後で床を構える話を持ち出す。さり気なく桐の箱を添えて、だ。虚を衝かれたようなお文の顔が伊三次には容易に想像できた。すぐに瞳が潤んで自分にぶつかるように抱きついて来るはずだ。元旦から色っぽいことになるのはせわしないが、まあ……まあいいだろう。何せめでたいことだから。

伊三次の口許は自然に弛んでいた。

伊三次が上がり湯を浴びて脱衣場に出た時、客の姿はなくなっていた。どうやら伊三次が最後の客になったようだ。

背中を流してくれた三助に駄賃を弾んで伊三次は湯屋を出た。それからいつも晩飯を摂《と》っている茅場町の一膳めし屋に寄って腹ごしらえをした。そこも大晦日は除夜の鐘まで店を開けている。下戸の伊三次は、常は酒を飲まなかったが、この日ばかりは銚子を一本頼んだ。盃に一つだけ酒をついだ後はめし屋の亭主に残りを奢った。亭主も気を利かせて小丼に蕎麦を入れたものを振る舞ってくれた。ささやかな年越し蕎麦のつもりだろう。伊三次は飯を済ませてからいい気分で塒に戻った。

戻ったが――

戸口の油障子が妙な具合に傾いていた。もともと立て付けがよくないので伊三次でなければ戸の開け閉めは容易ではない。それにしても油障子の下の方にほんの一寸ほどの隙間ができているのがおかしく見えた。上の方は隙間のできた分、障子の角が柱に突き刺さったようになっていた。よほど勢いよく閉めなければそんな具合にはならなかった。ふと嫌やな気分が伊三次を襲った。井戸を中心に向かい合って並ぶ裏店の油障子から夕焼けみたいな仄灯りが洩れていた。灯りの油を惜しんでいつもは早寝をしてしまう住人達もその夜ばかりは家族の団欒《だんらん》を楽しんでいた。子供達の無邪気な笑い声が聞こえた。灯りのともっていない所はまだ仕事から戻っていないのだろう。それとも掛け取りを恐れて居留守を決め込んだものだろうか。伊三次は奥歯を嚙み締めて油障子に手を掛けた。

案の定、五寸釘の錠は外されていた。しかし、その錠とて万全なものではない。裏店の住人ならとっくに知っていて、無理に開けようと思えば開けられる。伊三次が留守であることを知らせるためのものでしかない。別に今までは何かを盗られたということはなかった。隣りの女房が多めに作ったお菜を届けに入って来ることもあった。伊三次はまだ、妙な胸騒ぎを何んでもないことと思いたがっていた。伊三次はがたぴしする戸をいっ気に開けて中に入った。行灯はいつもの所にあった。

慌てて灯を入れると、部屋の中は別に荒らされた様子はなかった。だが、伊三次は小屏風を回してある煎餅蒲団の上の風呂敷包みがないことにすぐに気がついた。呉服屋の名が入った真新しい風呂敷は嫌やでも目に入る。無造作に置き去りにしたのがまずかったと狭い座敷に上がって伊三次は後悔していた。溜め息をついて何気なく商売道具を並べている文机に目をやった時、伊三次の心《しん》の臓が今度こそどきりと大きく音を立てた。文机の上には大小の櫛や元結《もっとい》の束やら鬢付油の容器やらが並んでいたが、その位置が微妙に違って見えたからだ。商売道具がなくなっていたのではない。

その文机の下の畳に問題があった。文机を移動させたから道具の位置が変わって見えたのではなかったか。

伊三次は文机を押し退《の》けてささくれの目立つ古畳を引き剝がした。

——まるで嘘のような気がした。そうでなければ悪い夢を見ているような。畳の下の羽目板に布の袋を置いていた。紐できゅッと絞るような袋だ。そいつの中には銀と銅の入り混じった金が入っていたのだ。あまり嵩《かさ》になっていたので平らにならしていたから表からはわからないはずだった。その袋がきれいさっぱりとなくなっていた。恐らく盗人は紋付をついでに持って行ったのだ。盗人は最初から畳の下の金が目的だったのだ。素人の手口ではなかった。同心の小者を務めている伊三次は盗人のやり口は知っているつもりだった。

徒《いたずら》に部屋を掻き回していないのは盗人でも年季を積んだ者の仕業である。過去にしょっ引いた科人の顔を伊三次は幾つも思い浮かべていた。しかし、埒は明かなかった。そいつ等の中で伊三次の塒を知っている者など果たしていただろうか。とっくに獄門台に送られた者やら島送りになった者ばかりだった。

お上の御用に関わる者が盗人に入られるなど洒落にもならないと思った。貯めた金がいかにも惜しかった。遊びもせず、ろくにうまい物も喰わず、爪に灯《ひ》をともすようにして貯めた金である。時には義理を欠いてさえ貯めた金である。がっくりと伊三次は首を落としてうなだれていた。スースーと隙間風が伊三次の湯上がりのうなじを嬲《なぶ》った。表戸が開けっ放しのままだった。伊三次は緩慢な動作で立ち上がると土間に下りた。外が妙に明るいと感じたのは道理だった。嵩のある雪が音もなく落ちていた。伊三次は落ちて来る雪を呆然と見つめていた。除夜の鐘が鳴っていた。

二

元旦、二日と伊三次は薄い煎餅蒲団から出ることもなかった。完全な寝正月を決め込んでいた。二日目の夕方に北町奉行所同心の不破友之進の所に雇われている下男の作蔵が伊三次を訪ねて来た。伊三次は不破との約束を作蔵の訪問で突然思い出していた。本当は二日のその日も不破は年始に回るので髪を結うことを頼まれていたのだ。伊三次が現れないので不破は近所の出床で間に合わせたと作蔵は言った。そんなことは今までになかったことだった。念のため、翌日は必ず組屋敷の方に来るようにと作蔵はことづけを頼まれたのだ。うっかりして、と伊三次は作蔵に何度も謝った。作蔵は病でなくてよかったと笑顔を見せた。それから「奥様がお雑煮を食べに来るようにとおっしゃってましたぜ」と言った。

不破の妻のいなみは独り者の伊三次のことをいつもあれこれと気を配ってくれていた。

「ありがとう存じます。奥様にはよろしく言って下せェ。明日は必ず伺います」

伊三次がそう言うと作蔵は安心した表情になった。踵を返した作蔵に伊三次は「作蔵さん、明日はついでにあんたの頭も結いやしょう」と言った。なに、こんな禿げ頭、と作蔵はつるりと自分の頭を撫で上げたが、「楽しみに待ってますぜ」と笑った。その表情は死んだ父親とどこか似ていた。

金を盗まれた悔しさは癒えてはいなかった。むしろ日を追うごとに悔しさが増した。伊三次の隣りに住む大工の女房の話だと、大晦日の日に伊三次を訪ねて来た者はいなかったそうだ。呼び掛ける声でも聞こえたら、薄い壁のこと、大工の女房のお春は気がつくはずだと言った。ただ、大家も一緒になって裏店の住人達と餅搗きをしていた時、裏店の門口のところに見慣れない若い男が立っていたと言った。遊び人ふうの男で、その男は何んとなく住人達の様子を窺っていたように見えたそうだ。でも勘違いかも知れないよ、餅搗きをしているのがおもしろそうで、ただ見ていただけなのかも知れないし、とお春は言った。

「何か盗られたのかい？」

「ええ、まあ……」

お春の興味は不審な人物よりも伊三次の盗まれたお宝にありそうだった。伊三次は誂えたばかりの紋付だと言った。金のことは言わなかった。三十両などと言ったら、ここらの人間は目を回してしまう。お春は他の女房達に「伊三さんが紋付を盗られちまったんだってさ。あんた達、何か気がつかなかったかい？」と大袈裟な調子で訊《き》いていた。

しかし他の女房達も特に目立ったことは覚えていなかった。

「気を落とすんじゃないよ」

お春はそう言った。それから煮しめだの餅だのを皿に入れて伊三次の所に持って来てくれた。

一刻もしない間に伊三次が紋付を盗まれた噂は裏店中に拡まっていた。紋付、紋付とあぶく玉のようにその言葉がやり取りされるのを伊三次は苦笑しながら聞いていた。気持ちは少し楽になったが。

三日の日に伊三次は不破の組屋敷に出かけた。正月は往来に泥酔者が多くなる。町ごとの木戸番はその介抱でこの時期は忙しい。旦那ふうの男が天水桶の傍などで引っ繰り返っている。お供の小僧は柳行李を風呂敷で包み、それを肩に背負いながら一向に立ち上がる気配のない主人に半ベソを掻いているのだ。行李の中には年始先に配る年玉物が入っていた。

主人は行く先々で一杯、さても一杯と盃を重ね、仕舞いには路上で酔い潰れるありさまとなるのだ。おとなしい野良犬がそんな酔っ払いを介抱するかのように口許の辺りをペロペロ嘗め回したりするのがご愛嬌だ。どうしてそんなになるまで飲んでしまうのか、下戸の伊三次には一向に理解できないことだった。

だが、伊三次が裏店の塒を出た時はまだ朝のことで往来に酔っ払いの姿はなかった。

晴れ着の娘達が追い羽を突いたり、少年達が独楽回しや凧揚げに興じていた。それも正月ならではの、のどかな風景だった。

　不破は伊三次が約束を守らなかったことをねちねちとなじった。伊三次は内心うんざりしたが、悪いのはこっちなので黙って小言を聞いていた。いなみが「お正月からおよしなさいまし」と言ってくれたのが伊三次には救いだった。不破は着替えると年始に出かけて行った。伊三次は前日の約束通り、台所に行って隅で作蔵の頭を結った。作蔵は湯屋で頭を洗っていた様子があった。結い終えると、伊三次がいくらいらないと言っても小さな祝儀袋を握らせて引っ込めなかった。伊三次は作蔵の好意にとうとうありがたく頂戴した。祝儀袋の中には決まりの髪結い賃よりはるかに高額の銭が入っていた。

　いなみに雑煮をよばれると伊三次はそそくさと不破の組屋敷を出た。質屋と古着屋を当たるためだった。盗人は恐らく紋付をそのままにはしないだろう。すぐさま金に換える算段をするはずだ。真新しい紋付なら手懸りはそう難しくなくつくだろうと伊三次は思っていた。しかし、八丁堀、日本橋近辺の質屋には伊三次の紋付が持ち込まれた様子はなかった。古着屋も同様だった。図々しくも自分が着るつもりだろうか。まさか……。そう思いながら通りを歩く伊三次だったから、やたら紋付姿の男ばかりに胡散臭い目がいった。

　京橋まで来た時、伊三次は岡っ引きの留蔵に会った。留蔵は不破から十手と鑑札を預って日本橋、京橋近辺を縄張りにしていた。土地の親分としてかなり顔の利く男だが常は湯屋「松の湯」の主人であった。留蔵はそろそろ四十の声を聞くだろうか。

「どうした伊三次、正月早々浮かねェ顔だの。寄って行かねェか？」

留蔵は自分の湯屋の前に立っていた。新調したばかりの暖簾を外からしみじみ眺めていたところだった。京風の柿色の暖簾は以前の藍染めのものより洒落た感じがした。「松の湯」という文字が崩して染め抜かれていた。

「暖簾が変わったのか、すてきに乙だの」

伊三次は世辞を言った。

「おうよ。名のある書家に揮毫《きごう》を頼んだものだから結構銭は掛かったわな」

「なに、普段は儲けているから暖簾の一枚や二枚、留さんにはどうということもあるめェ」

「茶を言うな。近頃は焚物《たきもの》にも苦労してな、火事があっても燃え残りには手をつけちゃならねェわ、大工はけち臭くて木端《こっぱ》は惜しむわ、全くいいところはねェんだぜ。ところでお前ェはいやにしけた面して歩いていたぜ。財布でも落としたのか？」

「へ、留さんには敵わねェ。図星だ。大晦日に紋付と銭を盗まれちまった」

「そいつァ……不破の旦那に喋ったのかい？」

留蔵は途端に気の毒そうな表情になった。

五尺にちょい足りない背丈だが、足は達者で腕っぷしも強い。いかにも人のよさそうな愛嬌のある顔は下手人をしょっ引く時にはがらりと変わるのだ。

「喋るものか。大馬鹿野郎と笑われるのが落ちだ」

「それでもよ」

「いいんだ。銭はともかく紋付は質屋かどこぞの古着屋に売り払うだろうから、そっちを当たっているところだ」

「おれも手伝うぜ」

「ありがとよ。だが、この辺りはさっぱりその様子はねぇのよ。浅草か深川にでも行ってみるつもりだ」

「お前ェもついてねぇな。ところで何んでまた紋付なんざ誂える気になったんだ？」

「なあに、床を構える心づもりをしていたのよ。店開けの披露にはいくら何んでもこの恰好じゃ……」

「そうだな。紋付の一つも着てぱりっとしたとこを見せねぇとな。わかるぜ」

「妙に金遣いの荒い奴に心当たりはねぇか？」

「金遣いの荒い奴か……」

留蔵は綿入れの袖から腕を抜いて襟許からそれを出し、少し伸びている顎髭を撫でて思案する表情になった。一瞬、眼の動きが止まったが「覚えがねぇなあ」とすぐに言った。

「そうか……紋付の紋は井桁《いげた》だ。覚えててくんな」

「おう」

伊三次は「じゃあな」と留蔵に背を向けた。

留蔵は気の毒そうな顔のままだったが、伊三次が何気なく振り返った時はもう湯屋の中に入ってしまっていた。

三

松が取れて江戸は正月気分をわずかに残しながら、いつもの喧騒を取り戻していた。盗まれた紋付も金の行方も依然としてわからなかった。伊三次の気持ちも諦めの方向に傾いていた。深川の木場の材木問屋「信濃屋」を訪れて主《あるじ》の頭をやっつけた後、伊三次は入船町に向かった。そこを通って戻るのがいつもの道順だった。歩きながらふと、お文のことが頭を掠めていた。蛤町が間近にあった。

待っているだろうなとは思った。懐には渡すはずの簪を後生大事に抱えていた。それでも伊三次はどうしてもお文の所に行く気にはなれなかった。お文は逢いたい逢いたいとは言わない女だった。それを言えば弱みになるとでも思っているのだろうか。伊三次が思い出したように顔を見せてもチクリと皮肉を洩らすだけだった。今までろくに暮しの面倒を見てやったことはなかった。いずれ所帯を持てば一生喰わせるのだと、伊三次は自分の甲斐性のなさを誤魔化していたような気がする。

芸者を辞める時にはお文の亭主らしく茶屋の主やお内儀《かみ》にきっちり挨拶をするつもりだった。茶屋の奉公人すべてに祝儀を弾んで、さすが文吉姐さんのご亭主だと言われたかった。それがすべて夢と消えた。これからどうする？　これから三十両もの金を作るには一年やそこらでは追いつかない。去年は運がよかったのだ。たまたま大店の娘が迷子になって、それを無事に連れ戻すことができて店の主から過分な礼が出た。丁場も増えた。それで思わぬほどの実入りとなったのだ。今年がどうなるかはわからない。お文はもうさほど若くはなかった。ぐずぐずしていると子供を産む機会も逃してしまう。いや、子供はいてもいなくてもそれは問題ではなかった。二人が一緒に暮す、そのことが大きな問題だった。

ぶつぶつと詮のないことを考えながら伊三次は木場に架かる橋を渡って入船町に入っていた。風は江戸と違う強さで伊三次に吹きつけていた。伊三次は不破から貰った縮緬の襟巻をきつく掻き合わせ、商売道具の入っている台箱を持ち直した。

そこに小さな質屋があったことは今まで気がつかなかった。入船町のとある小路の奥だった。もしも留蔵が出て来るのを見過ごしていればやはり気がつかなかっただろう。留蔵は一人だった。いつもは下っ引きの弥八を連れていることが多かったのだ。一人でいたということは何かおおっぴらにできない事情が留蔵にあったからだろう。伊三次はツンと胸が堅くなっていた。留蔵は一瞬、伊三次の視線を外した。それから思い直したように伊三次を見てふっと笑った。

「思いがけねェ所で会うの、伊三次、蕎麦でもどうだ？」

留蔵は自分の後ろにある質屋から伊三次の注意を逸らすように伊三次の前に立ちはだかった。「井口《いのぐち》」という質屋はめし屋と居酒屋が並ぶ、ごたごたした狭い通りの奥にひっそりと暖簾を出していた。深川に来て帰りに一杯という習慣のない伊三次には縁のない所だった。気がつかなかったのも道理である。

「ま、話を聞いてくれ、な？」

「誰なんだ、え？　留さんの知ってる奴なんだろ？　その質屋に紋付はあったのか？」

踏み出そうとする伊三次の袖を無理やり引っ張って留蔵は近くの小さな蕎麦屋に入った。

昼飯の時分は過ぎていたのでその蕎麦屋には他に客はいなかった。留蔵は奥の小上がりに伊三次を促した。細長い造りの店だった。

板場の亭主と蕎麦を運ぶ女は夫婦者のようだった。留蔵はその蕎麦屋は馴染みらしく、入って行った時も「奥を借りるぜ」と気軽な口を利いていた。

小上がりには亭主と女房の風呂敷包みだの、茶道具だの、読本だのがあって小上がりと言うより人の家の茶の間に入り込んだ気がした。

「ここは増蔵とよく来る蕎麦屋なんだ。店は小汚ねェが蕎麦は結構いけるぜ」

留蔵はそう言った。増蔵は深川を縄張りにしている岡っ引きで、やはり留蔵と同じ不破友之進の手下だった。

「何にする？」

「そいじゃ、せいいろを……」

伊三次は留蔵の勧めに悪く遠慮せずにそう言った。

「せいろ二枚、それと一本つけてくれ」

留蔵は板場に声を掛けた。

「仔細を話して貰おうか」

留蔵の前に銚子が一本置かれ、それを彼が手酌で盃についだ時に伊三次は口を開いた。

「あの井口という七《なな》つ屋にお前ェの紋付はあった」

「……………」

「流れねェようにおれが利息だけは置いて来た。近い内に受け出して届ける。こいつはおれが約束する」

「誰なんだ?」

「そのお……」

「はっきり言ってくれ!」

伊三次の口調に怒気が含まれた。留蔵は観念して「弥八だ」とぽつりと言った。

どこかでそんなような気もしていた。しかし、面と向かって留蔵に問い質すのを伊三次は遠慮していたのかも知れない。弥八は留蔵が面倒を見ている下っ引きで松の湯の三助をしていた。

下っ引きは力のある岡っ引きが雇う手下である。大抵は臑に傷を持つ素性で蛇《じゃ》の道はへびとばかり、下手人の手口を心得ている場合が多い。弥八も十二、三の頃から盗みを働いていた。留蔵がしょっ引いた縁で下っ引きを務めるようになったのだ。腰が軽く留蔵の言われたことにはすぐに応じて便利なことは便利なのだが、やはり子供の頃からの癖はなかなか直らなかった。留蔵自身も、やれ米櫃《こめびつ》から米をくすねられただの、かみさんの着物を質屋に持って行かれただのと言っていた。そういうことを笑い話にしてしまう留蔵の鷹揚《おうよう》さに伊三次は時々いらいらした。陰でこっそり弥八の面倒を見るのも考えものだと留蔵に忠告したこともあったのだ。確かに弥八はその癖を除けば人なつっこく憎めないところがあった。伊三次も自分の塒に泊めて飯を喰わせたことがあった。だが、伊三次の塒をあれこれ物色するような弥八の眼にあまりいい気持ちになれず、それは一度だけのことだった。

弥八はたった一度、伊三次の塒を訪れただけで戸口の開けたてから金の在り処まで察しをつけていたのだ。空恐ろしい気がした。

「留さん、だから言わないことじゃねェ。おれは何遍も言ったぜ、あいつは駄目だって」

「わ、わかっている。お前ェから話を聞いた時から何んとなくピンと来て、それとなく探っていたんだが……あいつも可哀想な奴でよ、お袋が寝込んじまって、それで薬代に困ってついやっちまったんだとおれは思うのよ」

「弥八の事情なんざ聞きたくねェわ」

「そ、そうだな。弥八の事情なんざお前ェには関係のねェことだ。ところで紋付はいいとして銭はいくらやられた？」

「三十両」

「え？」

留蔵は鳩が豆鉄砲喰らったような顔になった。少々のことなら自分が何んとかしようと思っていたのだろう。蕎麦が運ばれて来た。

伊三次は「よばれます」とも言わず、蕎麦猪口の中に機械的な動作で薬味を入れ、勝手に蕎麦を啜り込んだ。

「なあ伊三次、本当に三十両か？」

留蔵のその顔はむしろ伊三次を疑っているような感じだった。伊三次は蕎麦を咀嚼《そしゃく》するのを止め、呆れたように留蔵を睨んだ。

「床屋の株を買うための銭だったんだ。いつもは寺に預けているがすぐに入り用になると思って塒に置いていたんだ。だけど物騒だから一応、畳の下に隠していた。弥八はわざわざ畳を剝がして持って行きやがった。どう考えても計画的だ。魔が差したとは思えねェ。何もなけりゃ、今頃は株の証文を手にしていたところだ。てェした番狂わせよ」

「すまねェ……」

留蔵は首を落として吐息混じりの声で言った。

「留さんに謝って貰ったってしょうがねェ。まあ、これを潮《しお》に弥八をお払い箱にするんだな。おれが届けを出せば黙っていてもその通りになるだろうが」

「届けを出すのか？」

「当たり前ェだ。それとも留さんがその銭を立て替えて返してくれるのか？」

「そいつァ……」

いくら何んでも三十両はできない相談であった。留蔵は言い訳がましく弥八の親兄弟のことをあれこれ伊三次に説明した。弥八は名前に「八」の字がつく通り八人兄弟の末っ子だった。年寄りの母親が病に倒れたのは本当らしかった。伊三次が遊びもせずにせっせと稼いでいるので留蔵が冗談に「伊三次の野郎はよほど貯め込んでいるのだろう」と言った言葉を弥八は憶えていたのだ。留蔵は三日に伊三次の話を聞いてすぐに弥八を問い詰めてみた。弥八は顔色も変えずに知らないと言った。留蔵はその言葉を信用しなかった。なおもしつこく問い詰めると、そいじゃ証拠があるのかと開き直った。留蔵は弥八の表情から弥八の仕業に違いないと確信したのだ。

弥八が紋付を持ち込んだ質屋に当たりをつけるのは訳もないことだった。しかし、その質屋の前で伊三次に出喰わしたのは予想外のことだった。それに三十両もの大金も留蔵には予想外だった。伊三次は留蔵がどんなに頭を下げても弥八を許す気はなかった。その癖は死ぬまで直らないだろう。それなら獄門台に送るのが世のため、人のためだと伊三次は言った。留蔵は仕舞いには何も喋らなくなった。俯いたままの留蔵を残して伊三次はその蕎麦屋を出た。留蔵の身体が伊三次にはひと回り小さく見えていた。

四

松の湯の仕舞い湯の客が帰ると弥八は他の三助と一緒にいつものように洗い場の掃除を始めていた。洗い場の板は湯垢が付くと滑りやすいので砂を撒き、伸子《しんし》を束にしたもので擦る。その音が外で待っている伊三次の耳にも届いていた。江戸の一日の終わりを告げる音でもあった。

伊三次は留蔵の手引きで裏の小屋に回った。

弥八は三助達と一緒にその小屋に寝泊まりしていた。陽《ひ》のある内は人目があるので仕舞い湯の後で弥八をしょっ引くことにしていた。もちろん、それは弥八には内緒だった。

掃除を終え、一番風呂の用意を済ますと弥八は小屋に戻った。湯屋の裏は火を入れる釜が近くにあるので、伊三次が小屋に近づいた時も、そこにはぼんやりと温もりが感じられた。小屋の外には焚物にする薪が形を揃えて積み重ねてあった。

伊三次が「ごめんよ」と戸を開けると中にいた二人の三助は慌てて外に飛び出した。伊三次が踏み込んだらすぐに外に出るのだと留蔵に言い含められていたのだ。少し広い土間にも薪が積まれてあった。弥八は煎餅蒲団に横になっていたが、他の三助の慌てふためいた様子に自分もがばっと起き上がった。

「弥八、おとなしくしな」

伊三次は穏やかな声で言った。弥八の視線が宙を泳いだ。「親方、親方」と留蔵の姿を捜している。

「親方は外にいるぜ。手前ェのやったことはわかっているな？」

「し、知らねェ。何んのことだかさっぱり訳がわからねェ」

弥八は流行りの本多髷の横鬢に女物の櫛を飾っていた。どういうつもりなのか眉毛も落としてひどくのっぺりとした顔になっている。

年中、湯を扱う仕事をしているのでその顔はつるりときれいだった。縞の着物の上に女物の綿入れ半纏を羽織って、とんだ遊冶郎《ゆうやろう》をきどっていた。

「大晦日におれの塒でお前ェがやったことだよ。いけねェなあ」

「兄《あに》ィ、証拠があるのか？　あるんならここに出してみな」

かッと伊三次の頭に血が昇った。

「証拠、証拠としゃらくせェ。深川の井口という質屋でお前ェの面は割れているんだ。それとも質屋の親父を連れて来なけりゃ得心しねェという訳か？」

「おうよ。ここに連れて来て貰いてェものだ。話はそれからだ」

「往生際が悪いぜ、弥八。それでも下っ引きか？　生憎だがそんな手間を掛けてる暇はねェんだな。おれはお前ェを早く獄門台に送りたくてうずうずしているのよ」

伊三次がそう言うと弥八の顔がざっと蒼ざめた。駄目押しのように伊三次は言葉を続けた。「弥八、お前ェは留さんの御用をしているから百も承知だろうが十両以上を盗めば死罪なんだぜ。ところがお前ェときたら、その三倍の三十両をやっちまった。こいつはどうにもなるめェよ。今度ばかりはお前ェの頼りの親方もお手上げというものだ。さあ、おとなしく観念しな」

「三十両じゃねェわ。二十八両と二分だ」

「ほう……そいつは畏れ入った。おれもそこまでは知らなかった。どうしてお前ェはそこまで詳しく知っているんだろうな」

自ら墓穴を掘ってしまった弥八は「畜生！」と吠えると薪の束から一本を取り上げて身構えた。伊三次はその様子に吐息を一つつくと自分の頭に挿していた髷棒を引き抜いた。根元の止め金を外すと髷棒の先から錐状の鋼《はがね》がすっと伸びていた。

「おれはな、髪結いだから人の身体に切り傷をつけるのは好きじゃねェのよ。だがな、おれも下っ引きの端くれだ。手前ェの身が危ねェ時はこいつを使うこともある。まあ、十手がわりというものだ。どうだ弥八、いいだろう？　キラキラ光ってよく切れるんだぜ」

弥八は闇雲に薪の切れ端を振り回した。その髷棒を使うまでもなかった。伊三次が足払いを掛けると弥八は呆気なく引っ繰り返った。

倒れた弥八の背中に馬乗りになって伊三次は弥八の腕を取った。留蔵が入って来て弥八に縄を掛けた。弥八は親方、親方と子供のようにべろべろ涙をこぼして留蔵に縋った。留蔵の顔も見ていられないほど切ない表情だった。伊三次は髷棒を元に戻すと、溜め息をまたついた。自分がその二人にとんでもない意地悪をしているような気がしたからだ。

弥八は茅場町の大番屋の牢に収監された。

五

北町奉行定廻り同心の不破友之進は珍しく自分の屋敷に伊三次を誘った。たまには一緒に飯を喰おうということだった。弥八を捕らえて二日目のことだった。

火鉢の上に土鍋を仕掛け、湯豆腐が煮えていた。そこは客間ではなく不破の寝所を兼ねる書物部屋だった。その部屋にしたのは伊三次に余計な気を遣わせまいとするいなみの配慮だろう。白身魚の刺身と白菜の香の物も膳に並べられていた。いずれも伊三次の好物だった。

「ささ、伊三次さん召し上がれ。あまり火が通ってはお豆腐に鬆《す》が入ります」

いなみがそう言った。女中のおたつを下がらせ、いなみが自ら給仕を務めているのが伊三次にはいつもと違うような気がした。

「へい、いただきやす」

伊三次はぺこりと頭を下げていなみから豆腐の入った小丼を受け取った。たれには鰹節を掻いたのが入れてあった。

いなみは鶯色の着物に濃茶《こびちゃ》の帯を胸高に締めていた。丸ぐけの帯締めの白さが際立っていた。伊三次は武家の女の心意気のようなものをその帯締めに感じた。不破の息子の龍之介が時々書物部屋を覗きに来た。用事があるのではなかった。客になっている伊三次が珍しいのだ。何度目かの時に伊三次は龍之介に「坊ちゃん、遅くなりやしたが、これは正月の年玉です。少ねェですが取って下さい」と小銭を渡した。龍之介は満面に喜びを表して伊三次に礼を言うと自分の部屋に戻り、声高らかに「庭訓往来《ていきんおうらい》」の素読を始めた。呆れた奴だと不破が笑った。

「伊三次さん、お気を遣わせて……」

いなみが申し訳なさそうに言った。懐が寂しいのに龍之介に小銭を渡した伊三次がいじらしいという眼だった。そんなところが他の小者よりも伊三次を贔屓にする理由なのだ。

不破はゆっくりと酒を飲んでいた。伊三次は茶を飲んでいた。後で飯を貰うつもりだった。

「さて、弥八のことだが……」

真顔になった不破に伊三次はやはりその話かと胸の中で思っていた。

「三十両盗られたと、どうでも口書き《くちが》(自白書)を取るつもりか？」

「紋付もまだ戻っておりやせん」

「うむ。それと紋付だな。するとどういうことになる？」

「へい、引き廻しの上で獄門でしょう。お上の御用をしている身ではそれも仕方ありやせん。何しろ他に示しがつきやせん」

「弥八はまだ十七だ」

「年は関係ありやせんよ。あいつは盗人根性が骨の髄まで滲《し》み込んでいる奴です。放っておくと為になりやせんよ」

伊三次の恨みが思いの外、深いことを感じて不破は黙った。不破は袷の上に父親の形見の綿入れを羽織っていた。その恰好は同心と言うより舟宿の亭主のようだった。いなみは土鍋の火加減を見ながら二人の様子をそれとなく窺っている。

「死罪とはむご過ぎるではないか。仮にも仲間内の人間を」

不破はしばらくして口を開いた。その口調にはいつもの威圧的なものは含まれていなかった。どこか伊三次に媚びている節が感じられた。不破は恐らく留蔵から弥八の命乞いを頼まれたのだ。そうでなければわざわざ伊三次を屋敷に呼んで馳走するなど考えられなかった。

「たかが三十両で人の命が飛ぶのか……安いものだの命とは……」

たかがと言われたことに伊三次は思わずかッとした。三十両を作った苦労を軽くいなされた気がした。

「旦那が肩代わりして下さるんなら考えますよ」

伊三次は斜に構えた言い方になった。「何を！」とさすがに不破もむッとなった。いなみが「あなた……」と不破を制した。

「旦那はこのわたしにどうしてほしいんです？　銭を盗られた上に無罪放免にしろとでも言うんですか」

「そこまではおれも言うつもりはねェ」

「そいじゃ……」

「九両ということで重敲《じゅうたたき》で手を打たぬか」

「九両三分二朱ってことですかい？」

「うむ」

不破は大きく肯いた。十両以上の盗みは死罪という御定書《おさだめがき》は確かにあった。しかしそれは諸物価高騰の昨今では厳し過ぎると奉行所は躊躇し、九両三分二朱を盗んだことにして死罪を免れさせるのが近頃のお白州の事情だった。だがそれでは伊三次は納得できないものがあった。

「嫌やだと言ったら？」

伊三次は試すように不破を上目遣いで見た。

「手前ェ……」

不破は低く唸ると伊三次を睨んだ。場合によってはただでは置かないという険悪な空気が流れた。伊三次もそれにひるむことなく不破を見据えた。

「伊三次さん！」

それまで黙っていたいなみが伊三次の方に向き直り、甲高い声を上げた。

「わたくしは二十八両で不破に落籍されました」

伊三次はガンと顔を殴られたような気がした。いなみの口からそんな言葉が出るとは思ってもいなかった。伊三次の胸の動悸が激しく音を立て始めた。

「ご存知でしょう？　わたくしは吉原の小見世にいた女なのですよ」

「奥様……」

伊三次はいなみの顔をまともに見ることはできなかった。まるでいなみの裸を覗いてしまったような後ろめたさを感じた。そのことは不破の小者を務めるようになった頃、留蔵から聞いていた。いなみは武家の出であったがどういう事情か吉原の「笹屋」という遊女屋にいた。不破が見初めたのか、あるいはいなみの家のことを知っていたのか、張り見世のいなみの姿を認めた不破はすぐに父親に身請けすることを申し出たという。不破がまだ見習い同心の頃の話である。留蔵はそうでもしなけりゃ、とても不破にまともな女房が来るとは思えないなどと陰口を叩いていたが。

「よさぬか、いなみ」

不破は伊三次といなみから視線を逸らして低い声で言った。その話は長いこと不破の家では禁句であったはずだ。

「いいえ。伊三次さんには聞いていただきます。伊三次さんは一つ考え違いをなさっております。お金は床屋の株を手に入れるために蓄えていらしたのでしょう？」

「へい」

書物部屋は湯豆腐のぐつぐつ煮える音が響いていた。その音は伊三次にはもはや不粋にしか感じられなかった。

「株はお金さえあればいつでも買えますね？」

「……………」

「どうなのです？」

「へい」

伊三次は仕方なく相槌を打った。その金を拵えるのが容易ではないのだと内心呟いていたが。

「弥八の命は失ったら後では買えませんよ」

「奥様、ですがあの野郎は……」

「虫けらのような奴だとあなたは言いたいのでしょう？　生きる価値などないと……」

いなみは伊三次の言葉を遮って皆まで言わせぬというように言った。

「たとえ虫けらのような人間でも親がいて、また留蔵さんのように虫けらのままに可愛がる人もいるのです。わたくしのようなあばずれ女でも妻に迎えようとする男もいるのです。だからこの世の中は人が嘆くほど捨てたものではないとわたくしは思っております」

「それとこれとは別です」

伊三次は唇を嚙んでからようやく言った。

「そうでしょうか。わたくしも弥八もお金で凫《けり》のつくことではないですか。お金さえあれば余計なことは考えなくて済みますもの。

さきほど不破はたかが三十両と言いましたね？　たかがと吐き捨てるほどには右から左へと動かせるお金ではありません。それは不破もわかっております。もちろん、うちにもそのようなお金はありません。たかがと言うなら、たかが同心の家に三十両もの大金はある訳がないと言うべきですわね。でも不破のお義父《とう》様はわたくしのために二十八両を工面なさいました。先祖代々からの書画骨董を処分なさったからです。その中には先代の上様にまつわる物もあったそうです。そのような大切な物が、たかが二十八両で買い叩かれ、たかが遊女一人に遣われたのです」

「奥様、もうそれ以上……」

伊三次は聞いていられなかった。しかし、いなみは自分の言葉に興奮し昂揚して話すのをやめなかった。

「わたくしはお義父様に申し訳なくて何度もお詫び致しました。でもお義父様は金で済むことなら大したことではないとおっしゃいました。お金でわたくしの一生が買えたのなら安いものだとおっしゃいました。いなみが悪いのではない、悪いのは世の中だ。のう、いなみはこのようによい嫁女だ、友之進にはもったいないくらいだ、と。……わたくし、お義父様のその言葉に励まされて遊女から曲がりなりにも同心の妻に収まっていられるのです。わたくしが叔父の家を飛び出したのは十六の年でした。両親が亡くなって引き取られていたのです。女中同様の扱いに堪えられず飛び出したのですが、やはり世間知らずでした。親切な人と思っていた人に騙されて吉原に売られてしまったのです。十六、七で世の中のことなどわかる訳がありません。ただ自分の思いのままに動いているだけなのです。

弥八もそう。きっと弥八もその内に気づくはずです。留蔵さんがついているのですもの。

あんなに可愛がられてこれ以上悪くなるものですか。伊三次さん、信じてあげて。留蔵さんは弥八が助かったらご自分の養子に迎えるそうですよ。弥八は松の湯の跡取りになるのです。馬鹿なことはこの限りだと弥八は改心しているそうです。どうかお願いします伊三次さん、弥八を許してあげて下さい」

いなみはそう言って深々と頭を下げた。自分の恥を晒してまで伊三次を説得するいなみには所詮敵わなかった。

「奥様……」

伊三次は自分の膝を両手で摑んで座り直した。顔は俯いたままだった。

「おれァ……何も盗られておりやせん。何も何一つ……」

いなみの柔かく暖かな手が伊三次の手に重ねられた。いなみの声が弾んでいた。

「ありがとう伊三次さん、わかってくれて」

「銭があれば株はいつでも買えます」

「そうですよ、伊三次さんは若いのですもの、きっとその内に株は買えますとも」

「銭さえありゃあ、済むことです」

豪気に言い放って、けれどなぜか伊三次は泣けていた。別に悲しいことでもないのに伊三次の膝に涙の雫が落ちた。盗られた金は戻って来ないものと諦めがついていたし、弥八も大番屋にしょっ引いた時から恨む気持ちは薄れていた。銭で済むと言い切って、決してそうではないのだと心の中のもう一人の伊三次が言っていた。姑息な自分が恨めしかった。

それが涙となったのだろうか。伊三次にはよくわからなかった。いなみが重ねている手を揺すった。

「嫌やよ、泣くなんて……」

そう言いながらいなみの瞳も赤くなっている。

「いなみ、いつまで伊三次の手を握っているのだ」

不破は間が持たないというように邪険に言った。

「あら……」

いなみは洟を啜り上げて顔を赤らめた。

「ごめんなさい。つい、漣《さざなみ》姐さんだった頃の癖が出て……」

いなみにしては悪い冗談であった。「漣」はいなみが吉原にいた頃の源氏名だった。

不破は呆気に取られたような表情でいなみを見ていた。

六

深川佐賀町の干鰯《ほしか》問屋「魚干《うおかん》」で主人と番頭の頭を仕上げると伊三次は他の丁場はやり過ごして蛤町のお文の家の前に立っていた。

長いご無沙汰にさすがに敷居が高く感じられた。右手に商売道具の台箱を持ち、左手には鰻の蒲焼が入っている竹の皮の包みを下げていた。お文と女中のおみつへの土産だった。

庭から覗いた茶の間は障子が閉じられていて中の様子がわからなかった。真冬に障子を開けっ放しにしている者もないだろうが伊三次はひどく心細い気がした。買物にでも行くおみつが出て来たら声も掛けやすいのに一向、その気配もなかった。伊三次は家の前でしばらく躊躇していたが決心して庭の中に入って行った。どういう訳か伊三次はお文の家の土間口から入ったことはなく、いつも庭先から茶の間に上がるのが習慣になっていた。

「ごめんよ」

伊三次が声を掛けると人の気配がして障子が細目に開いた。お文の眼がこちらを覗く。すぐにパタンと障子は閉じられてしまった。

「薄情者には用はないよ」

お文が甲走った声を上げた。

「髪ィ、結いにまいりました。手土産も用意してござんす。お腹立ちは重々お察ししておりやすので、どうぞ中に入れてやっておくんなさい。深川一、江戸随一の文吉姐さん」

ぷッと噴き出す声がしてお文がようやく障子を開けた。目許はまだ伊三次をきつく睨んでいた。茶の間にはこたつが置かれ、その回りには正月三日に一斉に売り出された黄表紙が何冊も散らかっていた。どれほど退屈していたかがわかった。お文はぐるぐるの櫛巻きにした頭をして普段着の縞の着物の上に綿入れを羽織った恰好だった。

「今日は何んでござんしょう。お座敷はお休みなんでござんすか。やけにくだけた形《なり》でござんすね。文吉というよりは仇吉《あだきち》と呼びたいようで、こりゃまた乙でげす」

伊三次はできそこないの幇間《たいこ》の口上で腰を屈めて茶の間に入ると台箱と土産の包みを隅に置き、散らかった本を拾い集めてそう言った。お文の口許が声もなく「馬鹿」と言っていた。

「正月中はお座敷が重なっててんてこ舞いの忙しさだった。ろくに休む暇もなかったんだよ。小正月になってようやく骨休みができるようになったのさ」

「忙しいのは結構なことだ」

「お前ェも大忙しだったのだろう？」

「ああ。顔を出さなくて悪かったな。気にはしていたんだが……」

「遠慮せずにこたつにお入りよ。積もる話があるんだろ？」

「別にそんなものはねェが…」

「おやそうかい。大変な目に遭ったのは伊三さんじゃないのかえ？」

「え？」

お文は悪戯っぽい表情で茶の用意を始めた。

「紋付と虎の子を盗られたそうじゃないか」

「誰に訊いた？」

「増蔵さん。留蔵さんのところの下っ引きにやられたんだってな？　お前ェ、太っ腹に許してやったそうじゃないか。増蔵さんは見上げたもんだと褒めていた」

「太っ腹じゃねェわ。泣く泣く諦めたんだ」

「そうだろうとわっちも思ったよ。だけどせっかく人が感心して褒めているのに水を差すこともあるまいと、あい、伊三さんは男の中の男でござんすからね、と自慢しておいた」

「また大束なことを言いやがって……増さんに合わす顔がねェ」

お文は茶の入った湯呑を伊三次に手渡しながら「株が買えなくなっちまったんだろ？」と訊いた。からかうような表情は消えていた。

「わっちががっかりするだろうとお前ェは蛤町から足が遠退いていたのか？」

「すまねェ……図星だ」

「水臭いじゃないか。それならそうと喋ってくれたらよかったんだ。銭が足りねェようならわっちが助《す》けてもいいんだ」

「いや……」

伊三次はお文の眼を見つめた。

「そんなことをされた日にゃ、おれは一生お前ェに頭が上がらねェ。男一匹、それだけは手前ェの力でやりてェのよ……悪いがお文、もう少し、もう少し待ってくれ」

「……それはいいけど……いいけどさ」

お文の言葉に溜め息が混じった。その眼は何んとも寂しそうだった。またしばらく芸者稼業に精を出さなければならない。お文は早く町家のお内儀に収まりたいのだ。その気持ちは伊三次もようくわかっていた。

「蒲焼を買って来たぜ。おみつ坊は買物か？」

「実家に帰っている。二、三日ゆっくりしておいでと言ってある」

「何んだそうか。そいじゃ晩の菜にでもするか？」

「………」

「おれ、今日は泊まってもいいぜ」

「………」

お文は黙ったまま煙管に火を点けた。伊三次はお文の気持ちを引き立てたかった。懐に手を入れて桐の箱を取り出し、お文の前に置いた。

「何んだえ？」

「開けてみな」

お文は煙管を火鉢に打ちつけて灰を落とすと箱を開けた。簪は渋紙に包まれていた。お文は簪を手に取ってじっと見ていた。伊三次と同じで、お文は喜びを表すのが下手な性分であった。

「気に入らねェのかい？」

伊三次がおそるおそる訊ねるとお文は「いいや」と応えた。「いい簪だ」とお文は言った。

「銭のある内にこれだけでも拵えていたのがめっけものだった」と伊三次は笑った。

解き放しになった弥八は留蔵に付き添われて伊三次の塒に詫びに来た。紋付と五両が戻った。弥八は働いて必ず金は返すと伊三次に涙ながらに約束した。当てにしねェで待ってるぜ、と伊三次は言った。すると弥八はいきなり「兄ィ、気が済むまで殴ってくれ」と伊三次に言った。真顔だった。殴ってくれと言われて人を殴れるものではない。伊三次はふんと鼻を鳴らして「言ったろう？　おれは髪結いだから人の身体に傷をつけるのは嫌やな性分だってな。まあどこまでお前ェがまともな男になれるか、この伊三次、高みの見物をいたしやしょう、てェものだ」と言った。弥八はまたべろべろと泣いていた。何度も頭を下げて帰って行った留蔵と弥八の二人はすでにどこから見ても親子だった。いいことをしたような、狐に化かされたような不思議な気分だった。

「伊三さん……」

お文は簪を手に取って小さく振り回した。

シャランと微かに金属製の音がした。

「結び文だね？」

「ああそうだ」

「中に何んと書いたのだえ？」

「え？」

「結び文の意匠を凝らしたからにはたとえ形だけにせよ文が込められてるはずだ」

「そいつァ……」

まるで禅問答だった。伊三次は答えに窮した。

「言ってみな。さあ、このお文にお前ェは何んと書いた？」

「お文……命……」

「…………」

「いけねェかい？」

切羽詰まってようやく考えた言葉だった。

しかし、その気持ちに嘘はないつもりだった。お文は一瞬、大きく眼を見開いたが喉の奥を細かく震わせていた。とうとう堪まらず噴き出した。

「何んだ、何んだよ。素人が悪戯した彫り物みてェな文句で。もちっとましな台詞が言えねェのか野暮天！」

「こいつ！」

伊三次はお文の襟首を摑まえようとした。

お文は邪険にその手を払う。お文の高笑いは続いた。追い掛ける伊三次と逃げるお文の仕種にやがて狎《な》れ合いが挟まれ、お文はついに伊三次の膝に頭をのせた恰好で捕らえられた。少し荒い息をしてお文は下から伊三次を見上げた。櫛巻きの頭はとうにぐずぐずと崩れている。伊三次の背中がゆっくりと丸められ、お文の顔の上にその顔が近づいた。お文は瞳を閉じた。

（いいのかい？　お文……）茶屋のお内儀の言葉がお文の耳許で聞こえたような気がした。（あんな甲斐性なしの髪結いに情けを掛けてさ）お文はその幻聴を振り払うように伊三次の首に強く自分の腕を絡ませた。

その夜、夜半から冷え込みはきつくなった。

盆のような月が昇って深川の町々の瓦屋根を濡れたように光らせていた。蒼白い月もさることながら、満天の星は凍てつきながら降るごとく地上に光を送っていた。それに気づいていたのは夜回りをする木戸番の番太郎と餌を漁る野良犬だけだったかも知れない。

お文と伊三次はもちろんそれに気づかなかった。お互いの温もりを感じながら幸福な眠りを貪っていたからだ。

お文の家の庭にある南天の実が一つ、薄氷の張った蹲《つくば》いの中に落ちて微かな音を立てた。

その後は何んの物音も聞こえず、夜はしんしんと更けて行くばかりだった。

解　説

常盤新平

三年前の春『幻の声』は書店の棚で「読んで読んで」と私に切なく訴えていた。作者は宇江佐真理。副題に「髪結い伊三次捕物余話」とある。作者は新人だろうが、おもしろそうだなと私は手にとってみた。

すぐれた新刊は書店の片隅におかれていても、読者に声をかけてくると私は信じている。そういうことはめったにないが、その声を聞いたような気がしたときは、かならず手に持ってみる。それで、とにかく読もうと買ってみて、そして読みおわったとき、いい小説だ、いいノンフィクションだと満足する。拾いものをした気になる。期待を裏切られたことはまずない。こういう経験のある方はきっと多いだろう。

宇江佐真理さんの『幻の声』もそんな一冊である。私の期待をはるかに上まわる捕物帳だったし、有望な新人が出てきたと思った。表題作の「幻の声」は、のちに活躍する作家を数多く世に送りだしてきたオール讀物新人賞の、選考委員全員に支持されての受賞作である。

五つの短編からなる『幻の声』は春の終りから年のはじめにかけての季節感に溢れた捕物帳だが、主要人物の三人で読ませる。その三人はいずれもくっきりと鮮やかに描かれていて、読後に忘れがたい印象を残す。この一冊を読みおえると、この「余話」のつづきを読みたくなる。

いや、最初の「幻の声」を読んだあとで、間をおかずにつぎの「暁の雲」を読みたくなる。髪結い伊三次の魅力があとを引くのである。

捕物帳の主人公の職業はじつにさまざまだけれど、髪結いが捕物帳の主役というのははじめてだろう。それも伊三次はれっきとした床を持つ髪結いではなく、床をもたぬ「廻り髪結い」で、酒は飲まないが甘いものには目のない二十五歳の青年だ。江戸の世の片隅に住む庶民の一人である。

それだけなら伊三次は捕物帳の主人公にはなれないので、もう一つの顔を持っている。八丁堀の同心、不破友之進の手下なのである。岡っ引ではなく下っ引だ。奉行所でも一、二を争うほど口の悪いこの同心はとにかく寝るのが大好きで、朝は妻のいないみにいくら言われても起きてこないし、「眠り猫」の渾名がある。このように作者は主要な登場人物にきわだった特徴を持たせて読者に印象づける。

伊三次は床を持てないが、腕のいい職人として聞こえている。彼が毎朝、不破の組屋敷を訪れて、不破が奉行所にあがる前に、この同心の髭をあたり髪を結うのも、腕を買われてのことだが、それだけではない。伊三次と不破同心の因縁は『幻の声』にたんなる捕物帳ではない魅力を添える人情噺である。『幻の声』をはじめて読んだとき、私は作者の小説の周到な組立てに瞠目した。伊三次がもぐりの髪結いとなることを「忍び髪結い」というのは作者の造語だろうか。

三人目の主要人物は伊三次の思い女、深川芸者の文吉《ぶんきち》である。文吉について、伊三次の幼な友だち喜八の嫁、お君は備後表《びんごおもて》（畳表《たたみ》）づくりの名人である姑のおせいに語っている。第四話の「備後表」である。

「それがお義母さん、伊三次さんたら可笑しいのよ。女の人は心太《ところてん》をお酢でさっぱり食べていたようだけど伊三次さんは糖蜜でね、それをもっと心太に掛けてくれとお店の人に言って、よしねェな、と女の人に叱られていたのよ」

さらにお君は言う。

「でも、きれえな人だった。眼に張りがあって芸者さんのように粋だった……」

「芸者なんだ。お文って名だ。おれと同い年だからもう年増だが……」と伊三次も白状するが、第四話の「備後表」を読むころには、お文は読者には先刻おなじみだ。

文吉は「幻の声」の冒頭から顔を出している。木場の材木問屋で主人の髪を結っているとき、伊三次が「婀娜《あだ》な深川芸者なんざ乙なものでございますね」と水を向けると、主人は言うのである。

「ところがこの節は深川芸者も質が落ちてね、昔は三味線、長唄は言うに及ばず、生け花や茶の湯、俳句や狂歌をひねる者までいたんだよ。今はあんた、ろくに芸のない平場芸者ばかりさ。ここらでちょいと見所があるといえば文吉という男まさりな妓《こ》と三味線の腕が随一の喜久寿《きくじゅ》くらいなものだ。この二人はいいよ。客の気を逸《そ》らさない」

文吉の名を聞いて、「伊三次の胸は一瞬堅くなった」。文吉は伊三次の思い女だった。文吉も貧乏な廻り髪結いに惚れているが、同心の不破友之進と同じように口が悪い。いつも本心と逆のことを伊三次に言って、けんかになるのだが、いずれは彼と所帯を持ちたいと願っている。この捕物帳をおもしろくしている、可愛い女だ。深川八幡裏手の蛤町に住むお文と茅場町の裏店がねぐらの伊三次とのやりとりが二人の屈折した関係をうまく解きあかしてくれる。

「深川には度々現れるのに、さっぱりお見限りでお文のことなど忘れちまったのかと思っていたよ」

「何んの忘れるものか。お前ェに愛想づかしをされる前にちょいとご機嫌伺いに参上した次第で」

「ようもようもそんな心にもない文句がつるりと出るものだ。お前ェが女だったら吉原《なか》でお職が張れるだろうよ」

「へ、できることならそうなりたかったね」

「ふん、どうせ銭にならねェ八丁堀の仕事で泡喰っていたのだろう」

「けッ」

お文は伊三次が不破同心の手下であるのが気に入らない。伊三次もこの仕事をやめたいのだが、実はまんざら嫌いでもない。なんといっても不破には「忍び髪結い」で罪になるところを見逃してもらった上に、「廻り髪結い」としてやってゆけるようにしてくれたという恩義がある。それに、伊三次は無愛想な不破を嫌いではない。

不破はたしかに口は悪いが、人情味豊かな男だ。「忍び髪結い」で自身番に引かれていった二十歳の伊三次を救ってくれた。それが縁で伊三次は不破の手下となり、事件に首をつっこむことになる。

「幻の声」は、伊三次が駒吉という芸者について聞いてまわり、最後は不破に言われて、小伝馬町の牢屋敷で駒吉の髪を結ってやる。ここで「幻の声」の意味が明らかにされるのだが、この第一話をはじめとして「備後表」を除く四話の犯人たちはみな実は犠牲者のように見えてくる。できることなら彼らを助けてやりたいと読者に思わせる。

『幻の声』の、読者の共感を誘う登場人物たちはみなかなしい過去を持っている。それがまたこの捕物帳を哀切なものにしているのだが、作者はそこに笑いをまじえることを忘れていない。不破の「眠り猫」はそのほんの一例にすぎない。伊三次が下戸で甘いものが大好きという設定も笑いを招く。

一編一編に読者の興味をかきたてるのは伊三次とお文の恋の行方である。この二人、いったいどうなるのかということが事件の謎よりも気になって仕方がない。

「幻の声」で伊三次の不幸な生いたちが紹介される。お文もその点では不幸である。「お文はててなし子だった。母親も芸者をしていた女だったそうだが、お文を産み落とすと子ども屋のお内儀に言われるままにお文を里子に出してしまったのだ。そうしなければ母親は商売を続けられなかったのだ」

『幻の声』は江戸下町の纏綿《てんめん》としたラヴ・ストーリーだ。伊三次とお文は言い争いながらも、伊三次に「髪ィ、結ってやろうか」と言われると、その言葉が「色っぽい合図」にもなって、お文は「嬉し……」と蚊の鳴くような声で呟くのである。いつの世もそうだが、江戸にもこんな根は可憐な女がいた。

第二話の「暁の雲」は、このお文が主役で、伊三次と不破は傍役にまわり、第三話「赤い闇」では不破が主役であり、彼の妻いなみのいたましい過去が語られる。そして、いなみは第五話の「星の降る夜」で、伊三次が長屋に隠しておいた三十両を盗まれ、その犯人を獄門に送ると言い張るのを諫《いさ》めて、この小説の舞台をさらってしまう。

いなみは吉原の小見世に出ていたことがある。それを不破がたまたま見つけて、いなみを妻にする。彼女は伊三次に言う。

「たとえ虫けらのような人間でも親がいて、また留蔵さん（岡っ引）のように虫けらのままに可愛がる人もいるのです。わたくしのようなあばずれ女でも妻に迎えようとする男もいるのです。だからこの世の中は人が嘆くほど捨てたものではないとわたくしは思っております」

作者は『幻の声』の一編一編で「この世の中は人が嘆くほど捨てたものではない」ことをそっと語っているかのようだ。不破友之進は憎まれ役に見えるが、「あばずれ女」を妻に迎えた。伊三次もお文も不破もみないい人たちである。この捕物帳にはほんとうに悪い奴は出てこない。悪い奴はこの本の外にいる。

『幻の声』を三年前にはじめて読んだとき、最近読んだなかで気に入った本の書評を書いてほしいと頼まれたので、ためらうことなくこの「捕物余話」を選んで激賞した。この激賞は間違っていなかったと思う。その昔、某先輩作家（評論家でもある）に、ケチケチ誉めちゃだめだ、誉めるときは盛大に誉めろと言われた。だからといって『幻の声』を激賞したのではない。私の感想を正直に書いただけのことだ。その後の宇江佐さんの活躍は目を見張るばかりである。

書評が出たあとで、宇江佐さんから書き出しが「常盤さん」というお葉書を頂戴して恐縮した。このとき、宇江佐さんが函館のご出身であることを知った。そして、「星の降る夜」の結末のシーンは函館の夜空なのではないかと勝手な想像をしたのだった。
この文庫の解説を仰せつかって、再読する機会を得た。その読後感が最初に読んだときよりもはるかによかった。恥かしいことになんどか目がしらが熱くなったのであるが、これは私がいっそう年をとって涙もろくなったせいかもしれない。しかし、この解説を書きあげたら、『幻の声』に赤線を引いたり付箋をつけたりせずに、はじめから読み返す楽しみを味わってみたい。

（作家）

単行本　一九九七年四月　文藝春秋刊

文春文庫

定価はカバーに
表示してあります

幻《まぼろし》の声《こえ》
髪結《かみゆ》い伊三次《いさじ》捕物余話《とりものよわ》

2000年4月10日　第1刷
2024年5月31日　第28刷

著　者　宇江佐真理《うえざまり》

発行者　大沼貴之

発行所　株式会社 文藝春秋

東京都千代田区紀尾井町 3-23　〒102-8008
TEL 03・3265・1211㈹
文藝春秋ホームページ　http://www.bunshun.co.jp

落丁、乱丁本は、お手数ですが小社製作部宛お送り下さい。送料小社負担でお取替致します。

印刷・TOPPAN　製本・加藤製本

Printed in Japan
ISBN978-4-16-764001-9

（　）内は解説者。品切の節はご容赦下さい。

宇江佐真理
幻の声
髪結い伊三次捕物余話

町方同心の下で働く伊三次は、事件を追って今日も東奔西走。江戸庶民のきめ細かな人間関係を描き、現代を感じさせる珠玉の五話。選考委員絶賛のオール讀物新人賞受賞作。（常盤新平）

う-11-1

宇江佐真理
紫紺のつばめ
髪結い伊三次捕物余話

伊勢屋忠兵衛からの申し出に揺れるお文。伊三次との心の隙間は広がるばかり。そんな時、伊三次に殺しの嫌疑が。法では裁けぬ人の心を描く人気捕物帖、波瀾の第二弾。（中村橋之助）

う-11-2

宇江佐真理
さらば深川
髪結い伊三次捕物余話

伊三次と縒りを戻したお文に執着する伊勢屋忠兵衛。袖にされた意趣返しが事件を招き、お文の家は炎上した——。断ち切れぬしがらみ、名のりあえない母娘の切なさ……急展開の第三弾。

う-11-3

宇江佐真理
さんだらぼっち
髪結い伊三次捕物余話

芸者をやめ、茅場町の裏店で伊三次と暮らし始めたお文。念願の女房暮らしだったが、子供を折檻する近所の女房と諍いになり、長屋を出る。人気の捕物帖シリーズ第四弾。（梓澤　要）

う-11-5

宇江佐真理
黒く塗れ
髪結い伊三次捕物余話

お文は身重を隠し、お座敷を続けていた。伊三次は懐に余裕がなく、お文の子が逆子と分かり心配事が増えた。伊三次を巡る人々に幸あれと願わずにいられないシリーズ第五弾。（竹添敦子）

う-11-6

宇江佐真理
君を乗せる舟
髪結い伊三次捕物余話

不破友之進の息子が元服して見習い同心・龍之進に。朋輩とともに「八丁堀純情派」を結成した龍之進に「本所無頼派」の影が立ちはだかる。髪結い伊三次捕物余話第六弾。（諸田玲子）

う-11-8

宇江佐真理
雨を見たか
髪結い伊三次捕物余話

伊三次とお文の気がかりは、少々気弱なひとり息子、伊与太の成長。一方、不破友之進の長男・龍之進は、町方同心見習いとして「本所無頼派」の探索に奔走する。シリーズ第七弾。（末國善己）

う-11-10

宇江佐真理
我、言挙げす
髪結い伊三次捕物余話

市中を騒がす奇矯な侍集団。不正を噂される隠密同心。某大名の姫君失踪事件……。番方若同心となった不破龍之進は、伊三次や朋輩とともに奔走する。人気シリーズ第八弾。（島内景二）

う-11-14

宇江佐真理
今日を刻む時計
髪結い伊三次捕物余話

江戸の大火ですべてを失ってから十年。伊三次とお文はあらたに女の子を授かっていた。若き同心不破龍之進も、そろそろ身を固めるべき年頃だが……。円熟の新章、いよいよスタート。

う-11-16

宇江佐真理
心に吹く風
髪結い伊三次捕物余話

絵師の修業に出ている一人息子の伊与太が、突然、家に戻ってきた。心配する伊三次とお文をよそに、伊与太は奉行所で人相書きの仕事を始めるが……。大人気シリーズもついに十巻に到達。

う-11-17

宇江佐真理
月は誰のもの
髪結い伊三次捕物余話

大人気の人情捕物シリーズが、文庫書き下ろしに！　江戸の大火で別れて暮らす、髪結いの伊三次と芸者のお文。どんな仲のよい夫婦にも、秘められた色恋や家族の物語があるのです……。

う-11-18

宇江佐真理
明日のことは知らず
髪結い伊三次捕物余話

伊与太が秘かに憧れて、絵にも描いていた女が死んだ。しかし葬式の直後、彼女の夫は別の女と遊んでいた……。江戸の人情を円熟の筆致で伝えてくれる大人気シリーズ第十二弾！

う-11-19

宇江佐真理
名もなき日々を
髪結い伊三次捕物余話

伊三次の息子・伊与太が想いを寄せる幼馴染の不破茜は、奉公先の松前藩の若君から好意を持たれたことで藩の権力争いに巻き込まれていく。若者たちが転機を迎えるシリーズ第十三弾。

う-11-21

宇江佐真理
昨日のまこと、今日のうそ
髪結い伊三次捕物余話

病弱な松前藩のお世継に見初められ、側室になる決心をする茜。一方、伊与太は才気溢れる絵を描く弟弟子から批判されて己の才能に悩み、葛飾北斎のもとを訪ねる。（大矢博子）

う-11-22

（　）内は解説者。品切の節はご容赦下さい。

宇江佐真理
竈《へっつい》河岸《がし》
髪結い伊三次捕物余話

息子を授かって覚悟を決める不破龍之進。一方、貴重な絵の具を盗まれた伊与太はひとり江戸を離れる――デビュー以来二十年間、大切に書き継がれた傑作人情シリーズの最終巻。（杏）

う-11-23

宇江佐真理
余寒の雪

女剣士として身を立てることを夢見る知佐は、江戸で何かを見つけることができるのか。武士から町人まで人情を細やかに描く七篇。中山義秀文学賞受賞の傑作時代小説集。（中村彰彦）

う-11-4

宇江佐真理
桜花《さくら》を見た

隠し子の英助が父に願い出たこととは。刺青判官遠山景元と落し胤《だね》との生涯一度の出会いを描いた表題作ほか、蠣崎波響など実在の人物に材をとった時代小説集。（山本博文）

う-11-7

宇江佐真理
大江戸怪奇譚　ひとつ灯せ

ほんとうにあった怖い話を披露しあう「話の会」の魅力に取り憑かれたご隠居に、奇妙な出来事が……。老境の哀愁と世の奇怪が絡み合う、宇江佐真理版「百物語」。（細谷正充）

う-11-11

宇江佐真理
江戸前浮世気質　おちゃっぴい

鉄火伝法、やせ我慢、意地っ張り、おせっかい、道楽三昧…。面倒なのになぜか憎めない江戸の人々を、絶妙の筆さばきで描いた、大笑いのちホロリと涙の傑作人情噺。（ペリー荻野）

う-11-13

宇江佐真理
河岸の夕映《え》
神田堀八つ下がり

御厩河岸、竈河岸、浜町河岸……。江戸情緒あふれる水端を舞台に、たゆたう人々の心を柔らかな筆致で描いた、著者十八番の人情噺。前作『おちゃっぴい』の後日談も交えて。（吉田伸子）

う-11-15

宇江佐真理
蝦夷拾遺　たば風

幕末の激動期、蝦夷松前藩を舞台にし、探検家・最上徳内など蝦夷の地で懸命に生きる男と女の姿を描く。函館在住の著者が郷土愛を込めて描いた、珠玉の六つの短篇集。（梶よう子）

う-11-24

（　）内は解説者。品切の節はご容赦下さい。

平蔵の首
逢坂　剛・中　一弥　画
深編笠を深くかぶり決して正体を見せぬ平蔵。その豪腕におののきながらも不逞に暗躍する盗賊たち。まったく新しくハードボイルドに蘇った長谷川平蔵もの六編。（対談・佐々木　譲）
お-13-16

平蔵狩り
逢坂　剛・中　一弥　画
父だという「本所のへいぞう」を探すために、京から下ってきた女絵師。この女は平蔵の娘なのか。ハードボイルドの調べで描く、新たなる鬼平の貌。吉川英治文学賞受賞。（対談・諸田玲子）
お-13-17

生きる
乙川優三郎
亡き藩主への忠誠を示す「追腹」を禁じられ、白眼視されながら生き続ける初老の武士。懊悩の果てに得る人間の強さを格調高く描いた感動の直木賞受賞作など、全三篇を収録。（縄田一男）
お-27-2

葵の残葉
奥山景布子
尾張徳川の分家筋・高須に生まれた四兄弟はやがて尾張、一橋、会津、桑名を継いで維新と佐幕で対立する。歴史と家族の情が絡み合うもうひとつの幕末維新の物語。（内藤麻里子）
お-63-2

音わざ吹き寄せ
奥山景布子
音四郎稽古屋手控
元吉原に住む役者上がりの音四郎と妹お久。町衆に長唄を教えているが、怪我がもとで舞台を去った兄の事情を妹はまだ知らない。その上兄には人に明かせない秘密が……。（吉崎典子）
お-63-3

渦
大島真寿美
妹背山婦女庭訓　魂結び
浄瑠璃作者・近松半二の生涯に、虚と実が混ざりあい物語が生まれる様を、圧倒的熱量と義太夫の如き心地よい大阪弁で描く。史上初の直木賞&高校生直木賞W受賞作！（豊竹呂太夫）
お-73-2

仕立屋お竜
岡本さとる
極道な夫に翻弄されていたか弱き女は、武芸の師匠と出会ったことで、過去を捨て裏の仕事を請け負う「地獄への案内人」となった。女の敵は放っちゃおけない、痛快時代小説の開幕！
お-81-1

（　）内は解説者。品切の節はご容赦下さい。

岡本さとる
悲愁の花　仕立屋お竜
「地獄への案内人」となったお竜と井出勝之助。その元締めである文左衛門には、忘れられない遊女との死別があった。あることをきっかけに、お竜はその過去と向き合うことになり……。
お-81-2

岡本さとる
名残の袖　仕立屋お竜
加島屋に縫子として通うことになったお竜。店の女主人は亡くなっており、主人と息子・彦太郎が残されていた。懐いてくる彦太郎に母性をくすぐられるお竜だが運命は無惨にも……。
お-81-3

海音寺潮五郎
天と地と（全三冊）
戦国史上最も戦巧者であり、いまなお語り継がれる武将・上杉謙信。遠国の越後でなければ天下を取ったといわれた男の半生と、宿敵・武田信玄との数度に亘る川中島の合戦を活写する。
か-2-43

加藤　廣
信長の棺（上下）
消えた信長の遺骸、秀吉の中国大返し、桶狭間山の秘策――。丹波を訪れた太田牛一は、阿弥陀寺、本能寺、丹波を結ぶ〝闇の真相〟を知る。傑作長篇歴史ミステリー。（縄田一男）
か-39-1

風野真知雄
耳袋秘帖
眠れない凶四郎（一）
妻が池の端の出合い茶屋で何者かに惨殺された。その現場に立ち会って以来南町奉行所の同心、土久呂凶四郎は不眠症に。見かねた奉行の根岸は彼を夜専門の定町回りに任命。江戸の闇を探る！
か-46-38

風野真知雄
耳袋秘帖
南町奉行と大凶寺
深川にある題経寺は正月におみくじを引いたら大凶ばかり、檀家は落ち目になり、墓をつくれば死人が化けて出る。近所の商人から相談された根岸も、さほどの事とは思わなかったのだが。
か-46-43

門井慶喜
ゆけ、おりょう
「世話のやける弟」のような男・坂本龍馬と結婚したおりょうは、酒を浴びるほど飲み、勝海舟と舌戦し、夫と共に軍艦に乗り長崎へ馬関へ！　自立した魂が輝く傑作長編。（小日向えり）
か-48-7

梶　よう子
一朝の夢
朝顔栽培だけが生きがいで、荒っぽいことには無縁の同心・中根興三郎は、ある武家と知り合ったことから思いもよらぬ形で幕末の政情に巻き込まれる。松本清張賞受賞。（細谷正充）
か-54-1

梶　よう子
赤い風
原野を二年で畑地にせよ――。川越藩主柳沢吉保は前代未聞の命を下す。だが武士と百姓は反目し合い計画は進まない。身分を超え、未曾有の大事業を成し遂げられるのか。（福留真紀）
か-54-4

梶　よう子
菊花の仇討ち
変化朝顔の栽培が生きがいの同心・中根興三郎は、菊作りで糊口を凌ぐ御家人・中江惣三郎と知り合う。しかし、興三郎は中江と間違えられ、謎の侍たちに襲われて……。（内藤麻里子）
か-54-5

川越宗一
天地に燦たり
なぜ人は争い続けるのか――。日本、朝鮮、琉球。東アジア三か国を舞台に、侵略する者、される者それぞれの矜持を見事に描き切った歴史小説。第25回松本清張賞受賞作。（川田未穂）
か-80-1

川越宗一
熱源
日本人にされそうになったアイヌと、ロシア人にされそうになったポーランド人。文明を押し付けられた二人が、守り継ぎたいものとは？　第一六二回直木賞受賞作。（中島京子）
か-80-2

木内　昇《のぼり》
茗荷谷の猫
茗荷谷の家で絵を描きあぐねる主婦。染井吉野を造った植木職人。画期的な黒焼を生み出さんとする若者。幕末から昭和にかけ各々の生を燃焼させた人々の痕跡を掬う名篇9作。（春日武彦）
き-33-1

木下昌輝
宇喜多の捨て嫁
戦国時代末期の備前国で宇喜多直家は、権謀術策を縦横無尽に駆使し、下克上の名をほしいままに成り上がっていった。腐臭漂う、希に見る傑作ピカレスク歴史小説遂に見参！
き-44-1

（　）内は解説者。品切の節はご容赦下さい。

堺屋太一
豊臣秀長
ある補佐役の生涯（上下）
豊臣秀吉の弟秀長は常に脇役に徹したまれにみる有能な補佐役であった。激動の戦国時代にあって天下人にのし上がる秀吉を支えた男の生涯を描いた異色の歴史長篇。（小林陽太郎）
さ-1-14

早乙女　貢
明智光秀
明智光秀は死なず！　山崎の合戦で生き延びた光秀は姿を僧侶に変え、いつしか徳川家康の側近として暗躍し、二人三脚で豊臣家を滅ぼし、幕府を開くのであった！（縄田一男）
さ-5-25

佐藤雅美
怪盗　桐山の藤兵衛の正体
八州廻り桑山十兵衛
消息を絶っていた盗賊「桐山の藤兵衛一味」。再び動き始めたのはなぜか。時代に翻弄される人々への、十兵衛の深い眼差しが胸を打つ。人気シリーズ最新作にして、最後の作品。
さ-28-26

佐藤雅美
美女二万両強奪のからくり
縮尻鏡三郎
町会所から二万両が消えた！　前代未聞の事件は幕閣の醜聞に発展する。殺される証人、予測不能な展開。果たして鏡三郎たちは狡猾な事件の黒幕に迫れるか。縮尻鏡三郎シリーズ最新作。
さ-28-25

佐藤雅美
大君の通貨
幕末「円ドル」戦争
幕末、鎖国から開国へ変換した日本は否応なしに世界経済の渦に巻込まれていった。最初の為替レートはいかに設定されたのか。幕府崩壊の要因を経済的側面から描き新田次郎賞を受賞。
さ-28-7

坂井希久子
江戸彩り見立て帖
色にいでにけり
鋭い色彩感覚を持つ貧乏長屋のお彩。その才能に目をつけた右近。強引な右近の頼みで、お彩は次々と難題を色で解決していく。江戸のカラーコーディネーターの活躍を描く新シリーズ。
さ-59-3

坂井希久子
江戸彩り見立て帖
朱に交われば
江戸のカラーコーディネーターが「色」で難問に挑む。大好評の文庫オリジナル新シリーズ、待望の第2弾。天性の色彩感覚を持つお彩の活躍、そして右近の隠された素顔も明らかに……。
さ-59-4

（　）内は解説者。品切の節はご容赦下さい。

佐伯泰英
神隠し
新・酔いどれ小籐次（一）
背は低く額は禿げ上がり、もくず蟹のような顔の老侍で、無類の大酒飲み。だがひとたび剣を抜けば来島水軍流の達人である赤目小籐次が、次々と難敵を打ち破る痛快シリーズ第一弾！
さ-63-1

佐伯泰英
御鑓拝借《おやりはいしゃく》
酔いどれ小籐次（一）決定版
森藩への奉公を解かれ、浪々の身となった赤目小籐次、四十九歳。胸に秘する決意、それは旧主・久留島通嘉の受けた恥辱をすすぐこと。仇は大名四藩。小籐次独りの闘いが幕を開ける！
さ-63-51

佐伯泰英
陽炎ノ辻
居眠り磐音（一）決定版
豊後関前藩の若き武士三人が、帰着したその日に、互いを斬る窮地に陥る。友を討った哀しみを胸に江戸での浪人暮らしを始めた坂崎磐音は、ある巨大な陰謀に巻き込まれ……。
さ-63-101

佐伯泰英
声なき蟬
空也十番勝負（一）決定版（上下）
若者は武者修行のため〝異国〟薩摩を目指す。名を捨て、無言の行を己に課す若者を、国境を守る影の集団「外城衆徒」が襲う！「居眠り磐音」に続く「空也十番勝負」シリーズ始動。
さ-63-161

佐伯泰英
初詣で
照降町四季（一）
日本橋の近く、傘や下駄問屋が多く集まる町・照降町に「鼻緒屋」の娘・佳乃が三年ぶりに出戻ってきた——江戸の大火を通して描く、知恵と勇気の感動ストーリー。
さ-63-201

澤田瞳子
若冲
緻密な構図と大胆な題材、新たな手法で京画壇を席巻した若冲。彼を恨み、自らも絵師となりその贋作を描き続ける亡き妻の弟との相克を軸に天才絵師の苦悩の生涯を描く。（上田秀人）
さ-70-1

佐藤巖太郎
会津執権の栄誉
長く会津を統治した芦名家で嫡流の男系が途絶え、常陸の佐竹家より婿養子を迎えた。北からは伊達政宗が迫り、軋轢が生じた芦名家中の行方は家臣筆頭・金上盛備の双肩に。（田口幹人）
さ-74-1